L'HEURE DU LOUP

PIERRIC GUITTAUT
L'HEURE DU LOUP

EQUINOX
les arènes

(...)

Le Loup le quitte alors et puis il nous regarde.
Les couteaux lui restaient au flanc jusqu'à la garde,
Le clouaient au gazon tout baigné dans son sang ;
Nos fusils l'entouraient en sinistre croissant.
Il nous regarde encore, ensuite il se recouche,
Tout en léchant le sang répandu sur sa bouche,
Et, sans daigner savoir comment il a péri,
Refermant ses grands yeux, meurt sans jeter un cri.

II

J'ai reposé mon front sur mon fusil sans poudre,
Me prenant à penser, et n'ai pu me résoudre
À poursuivre sa Louve et ses fils qui, tous trois,
Avaient voulu l'attendre, et, comme je le crois,
Sans ses deux louveteaux la belle et sombre veuve
Ne l'eût pas laissé seul subir la grande épreuve ;
Mais son devoir était de les sauver, afin
De pouvoir leur apprendre à bien souffrir la faim,
À ne jamais entrer dans le pacte des villes
Que l'homme a fait avec les animaux serviles
Qui chassent devant lui, pour avoir le coucher,
Les premiers possesseurs du bois et du rocher.

(...)

« La Mort du loup », Alfred de Vigny

Aérolithe

Venu du fond des entrailles froides et vides de l'espace intersidéral, un trait de lumière fulgurante déchire la nuit. Coup de feu silencieux et cosmique dans la quiétude banale du ciel forestier. Quelques grammes de minéraux d'outremonde qui résistent aux milliers de degrés de l'échauffement provoqué par l'entrée dans l'atmosphère terrestre. Dans quatre-vingt-dix-neuf virgule quatre-vingt-dix-neuf pour cent des cas, la matière extraterrestre est dévorée par le feu incandescent avant même de pouvoir toucher le sol. Là, il reste une bille, encore plus petite que celle d'une cour d'enfant, avec des couleurs tout aussi chamarrées et insolites, du violet profond au nacre irisé. Une bille d'une densité inhabituelle. La balle spatiale tirée par le mousquet cosmique d'un chasseur d'une autre dimension vient se loger dans le crâne d'un lièvre qui ne bouquinera plus au petit matin. L'infortuné animal s'effondre, le crâne fumant perforé d'un rond quasi parfait de quelques millimètres de diamètre. La forêt s'est tue quelques instants en hommage au drame qui vient de se jouer et contre lequel les statistiques protestent en vain.

Dans l'heure qui suit, une truffe humide s'approche pour renifler la dépouille. Le corps est encore tiède. Rassurée, une langue râpeuse le lèche avec précaution, avant que des crocs n'en déchirent la chair rose et délicate. La mâchoire claque avec avidité dans la nuit, les petits os se brisent et se mêlent à la chair, aux tendons et aux organes internes sous la pression des molaires. La gueule sanglante est satisfaite et gronde lorsqu'un congénère s'approche un peu trop près de ce repas aussi facile qu'inattendu.

Une paire d'yeux ambrés, aux iris presque aussi sombres que les pupilles, est grande ouverte sur la nuit. Chargé d'un voile phosphorescent, le regard attentif scrute l'obscurité avec une patience tout animale. La paire d'yeux finit par se lever en direction de la voûte nocturne constellée de points lumineux, le museau pointant l'étoile polaire. Jaillissant du fond de la poitrine velue tout autant que du fond des âges, le long hurlement modulé se répand sur la forêt, intimant un silence craintif alentour.

Sorti sur le pas de sa porte pour fumer sa dernière cigarette d'une longue journée, Hervé Magne entend l'écho lointain du hurlement sauvage qui couvre ses avant-bras de chair de poule. Réaction atavique héritée d'une époque qu'on pensait révolue. Sa bouche s'entrouvre, incrédule, la cigarette collée aux lèvres sèches, avant qu'il ne souffle sa surprise à la nuit fraîche :

– Bon sang ! C'est donc vrai… Ils sont de retour.

Adultère

Fabrice observe du coin de l'œil le reflet de sa maîtresse dans le miroir fantaisie de la salle de bains. Elle est accoudée au-dessus d'une revue qu'elle ne lit pas, entièrement nue dans le grand lit défait de la chambre, tout en courbes fluides et brunes sur les draps clairs. Il prend conscience à cet instant de la façon dont ce corps de femme règne sans partage sur sa vie sexuelle depuis de longs mois. Reine antique lui octroyant des faveurs extatiques et coupables, mais qui exigeraient en retour une forme d'exclusivité jamais formulée.

Tu le savais. Et elle aussi. Au premier regard échangé.

Le gendarme baisse la tête sur le lavabo où se cramponnent ses deux mains fermes. Gestuelle de vaincu, en dépit de la blancheur qui trahit la tension dans ses premières phalanges. Envie de briser ce lavabo en deux. Sa situation est rendue d'autant plus précaire par leurs prédispositions supposées, lui à l'héritage de barreur de sorts et de rebouteux de son père, elle à la magie manouche la plus sulfureuse.

Qui sait ce dont elle serait capable ?

Il ferme les yeux, tentant de ne pas voir le visage de Delphine, ce premier amour d'adolescence épousé en secondes noces il y a seulement treize mois. Il a beau se dire que sa nouvelle femme n'est pas dupe, qu'elle a toujours su qu'elle l'aime bien plus que lui ne l'aime, l'homme sait que ce n'est pas un prétexte valable. Personne n'est jamais obligé de se marier à l'approche de la cinquantaine. *Les Romains ne disaient-ils pas que la feinte de l'amour est pire que la haine ?*

Vanessa s'est glissée dans son dos, chatte de gouttière et de rue, ronronnante. Les doigts agiles le surprennent, courent le long de ses côtes, viennent jouer avec la pilosité de son poitrail. La lourde poitrine encore humide de sueur et de semence masculine s'écrase dans son dos. Depuis l'abri de son dos carré, la voix féminine mais rauque, quasi animale, s'élève comme pour le provoquer :

– Quand vas-tu cesser de culpabiliser, chef ?

Vanessa sait qu'il déteste qu'elle l'appelle ainsi, mais ça l'amuse. Comme un rappel permanent de la contre-nature de leur relation à beaucoup de niveaux. Eux, les supposés magiciens, toujours rivaux. Lui le major de gendarmerie, elle la fille de gitan qui a mis le grappin sur un gros concessionnaire de 4 × 4 en pleine Sologne. Elle, la femme que tous désirent dans le secret de leurs fantasmes, lui, longtemps l'homme d'une seule femme, imaginée plus que réelle. Face à son silence obstiné, elle renchérit :

– Tu devrais être fier, plutôt…

Fabrice relève la tête, cherche son regard dans le miroir, mais Vanessa reste dans l'ombre de ses omoplates.

Fier ?

– Tu as ta femme et tu m'as, moi. Je suis sûre que ta femme a repoussé plusieurs hommes en t'attendant. Quant à moi, tu sais combien ils sont nombreux à ne même pas oser rêver m'avoir…

Fier… Non, je ne suis pas fier…

Fabrice se retourne de façon brusque. Il voudrait surprendre un regard ambivalent ou significatif, mais il est décontenancé par la souple nonchalance de sa maîtresse. Elle lève ses grands yeux noirs sur lui, attentive, une main venant jouer sur sa gorge perlée de sueur avec ce collier clinquant en plaqué or qu'elle aime porter et qui rehausse le cuivre naturel de sa peau. Son ventre est à peine arrondi, ses cuisses sont pleines et lisses. À quarante-cinq ans, elle arbore un physique que beaucoup de jeunes trentenaires aimeraient avoir. Il sait que ses deux séances de natation hebdomadaires et son alimentation sans régime quoique surveillée y jouent un rôle non négligeable, mais cela n'empêche pas les rumeurs les plus folles sur les remèdes que la Manouche utiliserait pour parvenir à un tel résultat.

– Qui suis-je dans ta vie, Vanessa ?

Un long silence. Elle cille à peine.

– Voilà une bien drôle de question, gendarme.

Elle élude de façon systématique tout ce qui

pourrait ressembler, même de loin, à un interrogatoire, et le « gendarme » est là pour le lui rappeler. Mimant la déception, ou une forme de lassitude, elle retourne dans la chambre, offrant la cambrure de son dos bronzé et la chute de ses reins au regard masculin. Fabrice a beau l'avoir vue nue des dizaines de fois, son regard ne saurait s'en détacher à cet instant. Il se demande parfois si elle n'a pas réellement fait usage d'un philtre à son encontre.

Cela t'arrangerait. Histoire de te dédouaner de cette culpabilité poisseuse qui te colle aux pores de la peau et t'empoisonne au quotidien, hein ?

Sa maîtresse s'est arrêtée au bord du lit. Elle lui lance son regard de louve par-dessus son épaule. Chez d'autres, il pourrait paraître surjoué, artificiel, voire risible. Avec Vanessa, c'est la grande divinité antédiluvienne de l'amour physique et de l'extase sexuelle qui vous met au défi du regard d'oser venir vous en emparer. Cire figée modelée du nectar des dieux, elle est la figurine totémique du plaisir adulte.

– Te reste-t-il quelques forces, Fabrice ?

Presque du Racine. Quoi que puisse en penser son cerveau, les lents et lourds mouvements maladroits de sa verge qui se réveille et se redresse ont répondu à sa place. Le gendarme jette un œil à la montre aux multiples cadrans à son poignet, regrettant aussitôt la trivialité de ce geste de mari adultère. Il vient la rejoindre le long du lit où elle s'est mise à genoux, le dos bien droit, et les mains masculines viennent prendre en coupe les seins tièdes et élastiques. Leur contact soyeux ne tarde pas à renforcer son érection dans le dos de la femme. Elle tourne son visage pour lui offrir ses lèvres et ils s'embrassent avec une fougue non dénuée de tendresse. Dans un souffle rauque :

– Tu es mon homme, Fabrice. Et je n'en ai jamais eu qu'un à la fois.

Est-ce censé me rassurer ?

Il n'est pas jaloux de son mari fantoche, ce vieux parvenu bedonnant, non. Il est sûr qu'elle ne le laisse plus la toucher depuis des années. Ce sont tous les autres. Ces regards posés sur elle. En permanence. Ce qu'elle ne comprend pas, c'est pourquoi il y attache de l'importance. Fabrice n'a pas l'intention de divorcer pour vivre avec elle, ni même d'officialiser une « relation ». Alors, quoi ? Les mots susurrés par Vanessa tourbillonnent dans son esprit, tandis qu'elle se penche sur le lit pour lui offrir sa croupe.

Tu devrais être fier…

Ses mains quittent la poitrine pour venir effectuer un double mouvement circulaire sur les fesses arrondies. Le grain de sa peau, sa teinte caramel, la symétrie harmonieuse de son postérieur large mais ferme sont autant de détails qu'il réapprend à chacun de leurs ébats. Remontant vers sa taille, il augmente la pression de ses doigts, les enfonçant dans la chair des hanches féminines. L'instant de tendresse ténue du baiser est passé. Il voudrait la punir de ce pouvoir qu'elle s'est forgé petit à petit sur lui et sur sa volonté, mais lorsqu'il projette son bassin en avant tout en la ramenant à lui sans ménagement, l'embrochant de toute la longueur de son membre avec rudesse, il sait bien que cela n'a rien d'une punition pour elle.

Tu es son jouet, Fabrice. Et les jouets finissent toujours cassés dans un coin.

Rebouteux

Une immense concentration durcit les traits de Fabrice Remangeon. Ses deux mains enserrent à distance le genou enflammé d'un quadragénaire en cotte verte d'agriculteur, sans toucher ni le tissu ni l'articulation. Le gendarme a posé sa casquette de service et son ceinturon sur la table de la salle à manger pour s'agenouiller au-dessus de l'homme allongé dans son canapé vert et moutarde aux motifs floraux des années soixante-dix. *Le prêt-à-monter scandinave n'a pas encore envahi toutes les fermes de Sologne...* Le cultivateur grimace, mais Fabrice ignore la manifestation de cette douleur pour se focaliser sur le point chaud qu'il a détecté dans le champ magnétique rudimentaire de son scanner manuel. Il ne saurait expliquer la façon de procéder, mais il sait, il finit toujours par savoir, et le point d'inflammation se dissout dans son esprit en même temps que le corps crispé se relâche enfin dans le canapé, un soupir de soulagement troublant la pénombre de la pièce. La masse de l'agriculteur s'enfonce dans la structure fatiguée du vieux sofa. La lutte est terminée.

Fabrice se relève. Son patient rouvre les yeux. Brillants de reconnaissance.

– De la glace. Pendant une demi-heure. Bien protégée par un linge, sans contact direct avec la peau. Ensuite une sieste. Ce soir, tu pourras remarcher.

Le paysan acquiesce en silence, avant de refermer les yeux, groggy de cette brusque libération. Il s'est vrillé le genou en descendant avec précipitation de son tracteur la veille. Le médecin s'est contenté d'un bref diagnostic d'entorse, avec prescription d'antalgiques qui se sont révélés totalement impuissants à contenir une douleur aussi aiguë que permanente. L'homme endure depuis l'accident un coup de poignard sans fin dans son articulation, une souffrance ignoble et récalcitrante qui a fini par lui arracher des larmes aussi brûlantes qu'humiliantes au milieu de ses draps froissés et humides de mauvaise sueur au petit matin. « Il faut appeler le gendarme », lui avait alors soufflé son épouse, dont les yeux rougis trahissaient la tout aussi mauvaise nuit passée à côté de cette masse de douleur agitée.

Remangeon récupère sa casquette et son arme. Les accessoires reprennent leur place sur son uniforme dans un cliquetis métallique. Après un signe de tête en direction de l'homme dans le canapé, il prend la direction de la cuisine. Une femme l'y attend, la mine soucieuse, un plat couvert d'un linge entre les mains. Une des filles Michaud, de la Brande. La seule à être restée dans ce coin humide constellé d'étangs miroitants où les bêtes viennent s'abreuver au crépuscule.

– Ça va aller. Il pourra marcher ce soir. Dans deux jours, il n'y paraîtra plus.

Une brève lumière dans le regard féminin fatigué.

– Ah, ben tant mieux. Avec la moisson qu'arrive…

Elle tend son plat de façon un peu gauche. Fabrice s'en empare, soulève le torchon de cuisine et découvre un poulet fermier de plusieurs kilogrammes. Des cuisses roses et dodues, ficelées avec de la cordelette de cuisine maison. Une odeur de viande froide, légèrement entêtante. Nul besoin d'aller inspecter la basse-cour ou le poulailler pour savoir que c'est la pièce maîtresse de leur volaille du moment. Si on respecte encore l'arme et l'uniforme dans les fermes ou les élevages isolés, où personne ne songerait à se mettre à dos un sous-officier de gendarmerie, on y craint encore plus le rebouteux et son corollaire barreur de sorts. Bien fol serait celui qui oserait se mettre en dette d'un homme au sang aussi fort. La femme attend le signe qui marquera son approbation, une pointe d'angoisse au fond des yeux. Fabrice Remangeon esquisse un sourire.

– C'est une très belle volaille, Martine. Delphine sera heureuse de nous la préparer dimanche.

Tel un dieu antique de la guerre, l'homme en uniforme accepte ses huit livres de chair fraîche en guise d'offrande, et la cuisinière se montre subitement aussi soulagée que son homme blessé dans la pièce d'à côté. Le major ne s'attarde pas. Il chausse ses larges lunettes de soleil aux verres miroir sur le seuil de la porte, vieille coquetterie militaire conservée de sa jeunesse, et gagne sa voiture. Là, dans le soleil rasant qui inonde son pare-brise, il pose la volaille sur le siège passager, repliant avec soin les quatre coins du torchon de cuisine rouge et blanc contre les rebords du plat, sous la masse de l'objet.

Ses deux mains sur le volant, il est soudain rattrapé par la fatigue. Une fatigue profonde de sa journée à la brigade, de ses jeux sexuels avec Vanessa, de sa séance de soins, le tout mâtiné de lassitude face à son absolue impuissance à n'avoir pu faire de sa vie autre chose que tout ça. Un second mariage de raison consenti par faiblesse ou sensiblerie plus que par affection réelle. Une relation adultère d'une banalité affligeante. Jusqu'à la reprise des activités de rebouteux de son père, cet héritage maudit qu'il s'était juré de ne jamais relever et de renvoyer au rang des superstitions les plus crasses. Fabrice Remangeon est tétanisé à cet instant par le constat de l'effondrement de son mythe personnel porté à bout de bras pendant plus de vingt ans.

Quand on veut, on peut... Aide-toi, le Ciel t'aidera... Le futur est ce que tu en fais...

Emporté par l'hubris de ses vingt ans, il a cru autrefois pouvoir plier la réalité à sa volonté. Il suffisait d'y croire, et il y a cru. Cela se produirait puisqu'il y croyait de toutes ses forces.

Fabrice baisse la tête, son front vient toucher le dos de ses mains carrées. Un coup d'œil au plat à ses côtés lui rappelle la prétention pathétique de son aveuglement. Il aura bientôt cinquante ans et ce poulet railleur lui rappelle que nul n'est en mesure ici-bas de faire plier la réalité à sa volonté, quelle que soit la puissance ou la nature de celle-ci.

Impasse

La douche lui a fait du bien et une douce somnolence s'est emparée de lui au moment de passer à table. Fabrice a cherché à plusieurs reprises un prétexte pour briser le long silence qui s'est installé entre Delphine et lui, mais son esprit est demeuré stérile. Une page blanche, un saut dans le vide et l'inconnu qui a quelque chose d'intimidant dans son étrangeté, ici, au cœur de leur nouveau foyer. De son côté, l'éleveuse de faisans affiche une neutralité très travaillée qui le rend nerveux, qui fait naître en lui une sourde agressivité.

Elle sait.

Un lourd battement dans sa poitrine, crevaison d'une bulle fétide trop longtemps contenue. Désagréable mais libératoire.

Et elle sait que je sais qu'elle sait.

Une fois assise face à lui, Delphine s'empare de ses couverts avec une délicatesse, une pointe de lenteur, une pesanteur toute féminine, qui tranche avec ses manières habituelles de fille de ferme sans chichis. Son épouse braque ses yeux bleus sur lui, sans insistance mais sans échappatoire non plus. Elle ne cède pas un pouce de terrain et le gendarme finit par baisser le regard sur le contenu de son assiette.

Pourquoi ne pas simplement lui dire ? Pourquoi ne pas avouer ? À quoi riment ces faux-semblants à leur âge ?

Il redresse sa mâchoire de loup, le regard sombre.

– Qu'est-ce qu'il y a, Fabrice ? Tu as l'air soucieux. Des problèmes à la brigade ?

Elle soutient à nouveau son regard. Il remarque que les ridules aux coins de ses yeux clairs se sont accentuées. Une pâleur accrue dans son teint fait ressortir ses nombreuses taches de son qui lui ont valu le surnom de « Picassée » au lycée, autrefois. Quelque chose dans sa coiffure, aussi. Une coloration différente, des reflets acajou inhabituels.

– Tu as été chez le coiffeur ?

Il regrette aussitôt la stupidité de sa question, qui ne répond en rien à celle de Delphine. Juste un bref écarquillement amusé ou méprisant dans le regard de sa femme.

– Oui… La semaine dernière.

Fabrice acquiesce, comme si de rien n'était. Sa tête bourdonne. Il préférerait que la foudre ou un avion de chasse en perdition s'abatte sur leur maison à cet instant plutôt que de poursuivre cette mascarade. Elle a opté pour la voie de la patience, il s'est abandonné à la lâcheté. Cela peut durer très longtemps. Le silence retombe entre eux, glacial, malgré les mines faussement détendues.

Son téléphone portable s'agite sur le buffet, vibrant pendant une ou deux secondes avant que la sonnerie digitale ne s'élève dans le salon. Mélodie spécifique attribuée au numéro de la brigade. Remangeon se lève d'un pas lourd pour répondre. Ils savent tous les deux ce que cela signifie, mais il n'arrive pas à se satisfaire de cette interruption qui le sauve de façon momentanée. La conversation avec son subalterne est brève et factuelle, mais Delphine enregistre la brusque tension qui durcit encore les traits de son mari.

– J'arrive.

Fabrice raccroche et empoche son téléphone d'un air absent, affichant à présent le masque résolu et martial du major de gendarmerie. Delphine le fixe en silence. Face à ce type d'appels, il lui arrive de ne pas répondre à cette muette interrogation et de partir sans un mot, laissant Delphine attendre son retour pour en savoir plus. Ce soir, il se sent obligé de se justifier. *Nouvelle erreur.*

– Des gars qui faisaient du bois dans les Hauts Fonds ont trouvé le corps d'une gamine.

L'image d'un corps martyrisé s'impose à leurs deux esprits. Le visage de Delphine se vide encore un peu plus de sa couleur.

– Ils savent ce qui s'est passé ?

Les mots tombent, secs et coupants, des lèvres fines et dures du gendarme :

– De Freitas m'a simplement dit que ce n'est pas un accident.

– Mon Dieu…

Fabrice gagne leur chambre. Il quitte ses claquettes de maître nageur pour enfiler des chaussettes prises dans une commode multicolore que Delphine a achetée dans un vide-grenier et repeinte de motifs psychédéliques, avant de rejoindre le vestibule pour enfiler ses rangers de service et s'emparer de ses clefs de voiture. Delphine surgit avec une boîte en plastique à la main et un œil amusé pour sa tenue : T-shirt estampillé d'une marque de munitions, bas de survêtement et rangers.

– J'ai un uniforme propre à la brigade.

Elle lui tend la boîte qui contient sa portion déjà froide de petit salé aux lentilles. Fabrice est prêt à la refuser mais il s'en empare après une brève hésitation. Il aura sans doute faim de retour du terrain, et ce ne sera pas la première fois qu'il se fera chauffer un plat dans la petite cuisine de la brigade sur les coups de deux heures du matin, la tête encore pleine d'images d'accident, de plaies et de contusions, de témoins blafards, d'histoires de soûlots et de rixes stupides de parkings de boîtes de nuit.

Mais une gamine morte dans les bois ?

La violence exceptionnelle de la nouvelle le pousse à une gravité inattendue :

– Tu sais, Delphine... Il faut que je te dise quelque chose.

Un éclair dans le regard de sa femme. Une tension qui s'accumule et qui culmine dans la pénombre du vestibule.

– Non, Fabrice.

Non ?

Face à son incompréhension, elle poursuit :

– L'imaginer est une torture, mais te l'entendre dire serait trop décevant.

Delphine le laisse là, disparaissant dans les entrailles de ce qui devait être leur nid douillet, le foyer d'un bonheur repoussé pendant deux décennies.

Trop décevant...

Patiente et déterminée, elle a fini par activer le ressort le plus cuisant de sa culpabilité : l'image qu'il se fait de sa conduite, de son sens de l'honneur, de son caractère non ordinaire. De sa croyance en sa différence d'avec les autres hommes.

Mortifié, il sort dans le crépuscule de ce début d'été, sans un regard derrière lui. Ce goût de carton dans la bouche. Le goût de l'échec sur toute la ligne.

Dévorée

Il lui faut progresser en grognant au travers d'un roncier et d'épaisses broussailles pour gagner le site de la découverte. Le chef de brigade a laissé derrière lui dans le chemin défoncé le brigadier Geretz, la petite brunette veillant sur un couple de parents en état de choc et sur deux coupeurs de bois de la commune aux traits pâles et tirés, les manches retroussées sur des avant-bras couverts de sciure. L'un d'eux pompait avec nervosité sur une cigarette vite consumée en trois ou quatre longues bouffées avides et anxieuses.

Les visages de ses deux collègues masculins devant lui ne valent guère mieux. Émergeant de la végétation hostile et touffue, l'adjudant de Freitas a la mine renfrognée d'une taupe acculée dans une galerie sans issue, ses petits yeux sombres réduits au minimum, la bouche fermée à triple tour, un signe de stress qui ne trompe pas chez lui. Il a coincé sa casquette dans son ceinturon et passe une main désemparée sur sa calvitie déjà avancée, tandis que le teint olivâtre du jeune Freysse indique qu'il a sans doute déjà vomi dans un coin et qu'il n'est pas improbable qu'il recommence.

Leur major s'avance en faisant craquer des brindilles et des fougères sous ses rangers, s'égratignant un avant-bras sur une longue branche de ronces trop amoureuse qui semble pouvoir se déplier à l'infini et qu'il finit par briser d'un geste brusque et agacé. Le sang perle le long de l'estafilade mais Remangeon n'y accorde que peu d'intérêt. Une paire de pieds nus et blancs, toujours trop pâles dans ces cas-là, est le premier élément de la victime qu'il aperçoit. Ses collègues se taisent, parce qu'il n'y a pas grand-chose à dire.

Une jeune femme, adolescente, couchée dans les orties et les graminées sauvages. Beaucoup de sang. Partout ce sang, épais et coagulé, sur le corps, sur les vêtements déchirés, sur les feuilles vertes qui lui tressent une couronne végétale mortuaire, sur la terre humide qui entoure ses restes misérables.

Un travail de maniaque est la première pensée qui traverse Fabrice.

Difficile de lui donner un âge. Sous les yeux gris qui fixent le ciel sans le voir, les joues sont manquantes ou déchiquetées, la gorge très abîmée, déchirée. Amas enchevêtré de filaments musculaires ou tendineux. Le bustier perforé et arraché découvre une large et profonde cavité dans le thorax aux contours de porcelaine, des côtes blanchâtres apparaissant dans la pulpe sanglante. Une mamelle entièrement prélevée ou découpée, ou arrachée. L'abdomen est ouvert, les intestins ont coulé sur ses cuisses. Incomplets, ou sectionnés, ils ont partiellement libéré des excréments et sont couverts de mouches à viande qui y évoluent de leur pas quasi mécanique, les derniers rayons du jour couchant venant jouer sur leurs abdomens vert métallisé. Une cuisse est privée de la quasi-intégralité de son quadriceps, laissant un fémur sanguinolent à nu sur une bonne vingtaine de centimètres. L'os est abîmé, comme attaqué à la scie. Ou rongé. Des lambeaux résiduels d'un short ou d'une jupe, difficile à dire, totalement imbibés du sang de la victime, ceignent les hanches étroites, aux os iliaques saillants. Des griffures profondes entaillent les tibias, ainsi que les avant-bras. Les mains semblent avoir été mordues ou mâchées. Un doigt est manquant à la main gauche qui émerge du feuillage souillé de sang d'une grasse plante d'eau, figée dans un dernier geste qui résonne comme un appel au secours désespéré.

Quelques secondes sont nécessaires pour que le gendarme réalise que la victime n'a pas été assassinée au sens pénal du terme, mais a été plus probablement attaquée et partiellement dévorée par un animal. Fabrice se tourne vers l'adjudant.

– Les TIC[1] ?

---

1. Techniciens en identification criminelle (section technique et scientifique de la Gendarmerie nationale chargée d'organiser les constatations sur les lieux d'un crime ou d'un délit, de rechercher les preuves matérielles, de prélever les indices et de les exploiter).

– Ils arrivent. Ils m'ont déjà appelé deux fois. Je crois qu'ils se sont paumés du côté de la Croix de Chaume.

– Bon. On attend. On touche à rien. On évite de trop piétiner le site, même si ça ressemble à une attaque d'origine animale. Freysse, tu peux retourner avec Geretz.

Le blond malingre ne se fait pas prier et disparaît à grandes enjambées précautionneuses, faisant un large détour pour ne pas être en mesure d'apercevoir une nouvelle fois ce corps martyrisé à l'extrême. Remangeon et de Freitas s'observent ensuite un instant avec ce mélange de méfiance et de rivalité larvée qui sous-tend leurs rapports depuis le parachutage de Fabrice dans la brigade pour motifs disciplinaires. Sanction qui était venue perturber la mainmise officieuse de l'adjudant trapu sur la petite unité.

– Les parents l'ont formellement identifiée ?

Le brun hoche la tête et indique l'un des poignets.

– Je leur ai fait voir une photo. La gourmette est bien celle de leur fille. Un bijou de baptême.

– C'est qui ?

– Une certaine Maëva Daumois.

– Quel âge ?

De Freitas souffle, comme à regret :

– Quatorze ans… le mois dernier.

Remangeon observe le corps allongé à leurs pieds. Il lui aurait donné facilement un ou deux ans de moins. Petite stature, hanches peu développées, articulations assez fines. Un petit bout de femme qui n'aurait sans doute jamais dépassé le mètre cinquante-cinq…

– Bordel, major. Elle s'est fait bouffer !

Fabrice fixe son collègue. Par-delà la misère du constat morbide, la révolte est palpable. Même pour un gendarme et même dans les pires atrocités, il existe un ordre naturel propre à chacun. Pour de Freitas, la bête fauve n'en fait pas ou plus partie, et son désarroi lui déforme le visage. Remangeon observe à nouveau les restes à leurs pieds. Il a eu l'occasion de voir par deux fois au cours de sa carrière des visages enfantins à moitié emportés par des chiens domestiques subitement devenus fous, mais c'était dans les ensembles pavillonnaires ou HLM de la grande banlieue, là où les pauvres croient protéger leur indigence avec un berger allemand ou un doberman qui tourne en rond dans soixante mètres carrés toute la journée.

On dépasse ici le cadre du simple sursaut psychotique ou de la jalousie de meute mixte. C'est une attaque à visée alimentaire : les parties molles, les muscles les plus volumineux du corps, les entrailles.

Un gros chien errant affamé ?

– C'est le début des vacances d'été, adjudant… Plusieurs dizaines de milliers de bons citoyens essaient de perdre leur chien en forêt pour pouvoir aller s'entasser sur une plage du Midi et y frire tout leur saoul sans s'emmerder avec Médor…

Remangeon laisse l'adjudant à sa surveillance inutile du corps et rebrousse chemin. Geretz est toujours avec les parents enfermés dans leur mutisme post-traumatique. Freysse s'est mis à l'écart pour fumer une cigarette. Fabrice lui jette un œil réprobateur, il lui a déjà demandé plusieurs fois de limiter cette pratique pendant ses heures de service et de la réserver à la cour intérieure de la brigade, mais au vu des circonstances et de la présence des civils il en reste là. La haute stature martiale du gendarme rebouteux vient se planter devant les parents. Ils finissent par lever les yeux avec difficulté et à regret, tout leur être repoussant l'abomination saugrenue de ces instants de cauchemar.

– Madame. Monsieur. Nous attendons les techniciens de l'identité criminelle. Il ne fait toutefois guère de doute quant à l'origine animale de l'attaque dont a été victime votre fille.

– Animale… ?

C'est tout ce qu'arrive à balbutier le père après de longues secondes. La mère est aux abonnés absents sous la frange désordonnée de sa coloration blonde bon marché. Fabrice est soulagé car cela signifie que ses collègues ont réussi à maintenir les parents à distance suffisante du corps et à leur épargner la vision de leur enfant en partie dévorée.

De leur côté, les deux bûcherons échangent un long regard noir. Un regard empli de rancune et de vieilles vengeances. L'un d'eux finit par cracher :

– C'est ces saloperies de loups.

Les parents et le major se tournent vers eux.

Le père, un quadragénaire replet en surpoids engoncé dans un T-shirt gras et trop petit, ouvre des yeux qui montrent sa chute inexorable dans l'hébétude incrédule :

– Des loups ?

Derrière ses lunettes miroir, Fabrice Remangeon plisse ses yeux pour se concentrer sur les bûcherons. Le second lance à son tour :

– Ils sont de retour dans le coin. Le grand Magne les a entendus hurler l'autre nuit. Et un piège photographique du domaine des Vaux en a pris deux le mois dernier près d'un agrainoir à cochons. Impossible de se tromper, les photos sont bien nettes : c'était bien ces saloperies. Depuis le temps… Il fallait bien que ça finisse par arriver. Merci, les écolos !…

Le père se tourne vers Fabrice, hésitant entre le rire mauvais et l'hystérie :

– Des loups ?!

Traces

Fabrice est parti du site de la découverte du corps et progresse en spirale, augmentant petit à petit le rayon du cercle de ses pas. Les techniciens de l'identification se sont contentés de deux ou trois clichés d'empreinte pris à proximité immédiate du corps. Des empreintes de « canidés ». Même si son unité est d'ores et déjà reléguée au rang de simples supplétifs de la Brigade de recherches au vu de l'ampleur déjà prise par l'affaire, le natif du cru a souhaité revenir rapidement sur les lieux de l'attaque, histoire de vérifier quelques points par lui-même. Comme l'absence de toute trace humaine autre que celle des bûcherons, par exemple. Ou la conformité de leurs versions avec ce qu'il pourrait constater. Après tout, ils auraient pu tomber sur la gamine en pleine forêt, la violenter, avant de la tuer et de livrer son corps à un chien de chasse excité qu'ils auraient escamoté par la suite, en foutant tout ça sur le dos de quelques loups… Fabrice a vérifié : l'un d'eux est membre actif de la société de chasse locale et éleveur de « petits noirs du Berry », une vieille race ovine du Cher qui revient à la mode. *Pas le profil à militer pour le retour du loup...*

Il finit par découvrir une belle empreinte, profonde et nette. Le pied de la bête a marqué dans une section boueuse qui a séché depuis, offrant un négatif de bien meilleure qualité que les photographies du dossier compilé par les TIC. Fabrice s'agenouille et sort la bande cartonnée, la bouteille d'eau, la boîte de conserve vide et le sachet de plâtre qu'il a enfournés dans un sac plastique de supermarché. Il prépare son plâtre dans la conserve et le gâche avec patience et concentration à l'aide d'un bâton ramassé à terre, avant de cercler l'empreinte. La chaleur de la réaction gagne les parois de la boîte métallique. L'homme en survêtement verse la préparation, veillant à ce que la pression exercée par le plâtre ne déplie pas le carton, qu'il maintient de plusieurs doigts fermes contre la terre. Une fois certain que ça ne bougera plus jusqu'à solidification finale, Remangeon se relève et s'éloigne en direction des empilements de bois à une trentaine de mètres dans son dos. Le site de travail des deux bûcherons. Ils sont arrivés par l'autre côté, avec leur matériel et leur tracteur, par un chemin forestier non carrossable. C'est lorsque l'un d'eux s'est écarté pour uriner qu'il a aperçu une partie du corps dans les broussailles.

Remangeon inspecte et photographie le site avec son téléphone pendant plus de vingt minutes, rebroussant même la piste du tracteur sur plusieurs dizaines de mètres. Aucune trace de lutte, pas la moindre goutte de sang, ni la moindre empreinte de pas de la gamine. Rien que de la sciure, des tas de branches, des souches fraîches, une flaque grasse d'huile de tronçonneuse à moitié bue par la terre, des restes de casse-croûte. Une canette de bière vide. Les stries en diagonale des roues du tracteur dans de profondes ornières. Pas le moindre signe d'un chien de ce côté-ci non plus, ni empreinte, ni poils, ni déjection. Il a même trouvé l'endroit où le témoin affirme être venu pisser. Des tiges y sont brisées, on y sent des relents d'urine et, en effet, le site de la découverte du corps est visible d'ici si on se tient debout dans la direction indiquée.

Il retourne chercher son moulage, range le matériel dans le sac plastique et observe quelques instants le médaillon de plâtre obtenu, avec ses formes saillantes. Le cœur inversé du coussinet inférieur, les pointes de griffes qui devancent les deux coussinets supérieurs. Une petite dizaine de centimètres de longueur. Ce pourrait être n'importe quel gros chien ou, effectivement, un loup. Il range le moulage dans une poche à fermeture éclair de son bas de survêtement et se redresse, jette un œil circulaire autour de lui. La forêt n'a pas sa sérénité bruissante habituelle. *Est-ce le fait de la pleine conscience du drame qui s'est joué ici ?*

Il a relu les différents PV et dépositions hier soir avant de quitter la brigade. Les parents n'ont pas été en mesure de fournir une explication sur la présence de leur fille dans la forêt, et son téléphone portable n'a pas été retrouvé. La BR attend les résultats de la requête transmise auprès du fournisseur d'accès au réseau pour connaître les derniers appels et ultimes bornages de l'appareil.

Que venais-tu faire ici, Maëva ?

Fabrice ferme les yeux et inspire profondément.

Le roncier dans lequel on a trouvé son corps est trop touffu pour qu'elle y soit venue d'elle-même dans sa tenue légère et en ballerine de toile. On l'y a traînée. L'attaque initiale a eu lieu ailleurs.

Remangeon lance à nouveau un vaste regard panoramique autour de lui. Le rebouteux perçoit encore cette sensation étrange, cette *perturbation*. L'homme n'a aucune idée de ce que cela peut être, mais il y a *quelque chose*. Il va demander à son équipe de revenir pour fouiller cette zone plus avant.

Pique-nique

Elle s'est installée de dos entre ses genoux écartés, les yeux clos, lui laissant le loisir de caresser ou de simplement humer ses longs cheveux bruns, aux senteurs singulières d'épices et d'encens capiteux. Fragrance ténue des Indes lointaines. Vanessa a eu le bon goût d'abandonner ses colorations blondes, un artifice que Fabrice a toujours exécré, peut-être en souvenir de la blondeur naturelle d'Élise, sa première femme. Une blondeur choyée et admirée à l'excès, jusqu'à l'idolâtrie, entretenue de façon maladive et obsessionnelle, jusqu'à la découverte tardive de sa trahison – de ses trahisons ? – bien longtemps après sa disparition et sa mort accidentelle.

Remangeon laisse courir deux doigts sur la peau dénudée de l'épaule droite de sa compagne d'une après-midi volée, là où la peau est rayée d'une bande plus claire, celle d'une bretelle de soutien-gorge. Il sourit. *Témoignage d'une pudeur que beaucoup ne supposeraient pas chez elle, l'imaginant sans doute se faire bronzer entièrement nue au bord de la vaste piscine de Vailly.*

Il vient déposer un baiser dans le creux de son cou, puis sur cette bande claire presque dénuée de bronzage, avec précaution, comme si c'était une zone fragile. Surprise, Vanessa Molhiardt, la gitane rebelle, ouvre les yeux. Une pointe malaisée, ou inquiète, danse au cœur de ses pupilles brunes. Elle pivote entre ses genoux pour le fixer. Il se contente de la regarder en retour, en appui sur ses bras légèrement en arrière, les triceps saillants, son torse carré et puissant bombant son T-shirt estampillé *Sig Sauer* et orné d'une silhouette de pistolet automatique.

La couverture à peine étendue dans l'herbe ombragée, ils ont baisé. Fabrice n'aime pas, et n'a jamais aimé, le terme, mais il serait difficile de qualifier autrement la nature de leurs relations sexuelles. Il comprend à cet instant que ce constat lui déplaît de plus en plus, et la prise de conscience du constat le satisfait encore moins. Trop de questions tournent désormais dans sa tête.

Des questions là où il ne devrait y en avoir aucune.

Une glacière est posée à côté des deux amants, en partie sur la couverture, en partie dans l'herbe. Quelques fourmis en tentent l'assaut et leurs silhouettes noires progressent avec la régularité obstinée propre aux insectes le long du plastique rayé jusqu'au bleu délavé du couvercle. Le repas de Fabrice et Vanessa fut finalement assez frugal en dépit de l'intensité de leur activité corporelle préliminaire. Leurs corps, leurs organismes s'étaient rassasiés l'un de l'autre.

Vanessa comprend que son amant n'a aucune intention de briser le silence et elle se tourne à nouveau en direction de la longue pente herbeuse qui mène à leur emplacement. À trois cents bon mètres, le soleil se joue de quelques platanes et de leurs frondaisons pour lancer à la ronde des reflets brillants depuis les carrosseries de leurs voitures stationnées sur le petit espace rocailleux de l'aire de repos aménagée au bord de la route nationale. Comme un signal codé, un code morse cosmique à la signification connue du seul astre solaire. Elle ferme les yeux, souhaitant elle aussi s'abandonner à l'instant, mais une réserve indéfinissable l'en empêche. Sa voix de chatte enrouée, chaude et sensuelle, résonne dans l'air tiède de ce début d'après-midi :

– À quoi tu joues, Fabrice ?

L'homme observe la nuque féminine. Il a remarqué la brusque tension, légère mais réelle, dans les tendons de son cou. Quelques secondes s'écoulent, alors elle poursuit :

– Cet endroit. Ce pique-nique. Ce... ce bisou dans le cou...

Alors, elle aussi, elle a perçu la singularité de ce qui n'aurait pu paraître qu'un geste anodin...

Il fait la moue.

– Je n'aime pas l'idée de faire ça dans son lit. Il y a suffisamment de place ailleurs, non ? Tu n'aimes pas la nature ?

Vanessa se redresse, avant de pivoter complètement et de s'agenouiller face à lui, les coudes en appui sur ses genoux. Regard noir et méfiant.

– Tu baises sa femme trois fois par semaine. Tu ne vas pas me faire croire que tu as un quelconque respect pour lui. Tu n'es pas hypocrite à ce point, si ?

L'image du concessionnaire de 4 × 4 s'impose à l'esprit de Remangeon. Parvenu et vantard, mal élevé, méprisant avec ceux que son argent a laissés derrière lui en dépit d'une origine très modeste, Patrick Vailly n'est pas du genre à inspirer le respect. *Un maquignon de la pire espèce, de ceux qui régnaient autrefois avec leurs liasses sur les foires à bestiaux, croyant à leur propre mythe de séduction, qui ne tenait qu'à l'épaisseur de leur portefeuille.* Fabrice se souvient à quel point son père les haïssait et rechignait à les aider quand ils venaient se garer dans la cour de la ferme familiale, la tête basse.

– Non, c'est vrai. Mais rien ne nous oblige à ajouter l'insulte à la défaite. Je n'ai jamais tiré le moindre plaisir de la méchanceté pure.

C'est au tour de Vanessa de faire la moue, de tordre ses lèvres ourlées.

– Ah, oui. J'oubliais. Fabrice le gendarme. Le bon militaire. Le mari idéal…

L'allusion à Delphine lui marque le visage d'une contrariété presque douloureuse. Le cœur de la femme s'est accéléré dans sa poitrine et elle continue :

– Tu as conscience au moins que cette image de boy-scout que tu te fais de toi-même n'existe que dans ta tête ? Ce n'est pas comme ça DU TOUT que les gens te voient.

Remangeon fronce les sourcils. Il ne comprend pas cette brusque dégradation, cette nouvelle *perturbation.* Cette zone d'inconfort qui pousse sa maîtresse à devenir agressive.

– Ah bon ? Et comment ils me voient, alors ?

Vanessa sourit. Avec une méchanceté tout assumée.

– Ils te voient comme un flic, et un flic dangereux. Un de ceux qui n'hésiteront pas à enfreindre la loi pour faire régner la sienne. Un type plein d'arrogance et de violence. Un être de vengeance et de colère. Quelqu'un dont il ne faut surtout pas se faire un ennemi. Alors ils baissent la tête. En attendant ta chute…

Ma chute ?

L'épouse Vailly se lève, le visage fermé, le laissant encaisser ses dernières paroles.

– Je rentre.

Il l'attrape par un poignet, sans ménagement. Elle pointe du menton sa prise trop ferme sur son avant-bras.

– Tu vois ? Cette violence systématique dès que tu es contrarié ?

Elle se dégage, ses yeux bruns lançant des éclats mauvais, ramasse un gilet posé près de la glacière, épaule son sac à main, qu'il sait être d'une marque de luxe, et puis s'éloigne en direction des voitures. Sans un seul regard en arrière.

Célébrité

L'écran gras et poussiéreux du téléviseur monté sur son bras métallique capte les regards de la population disparate du bistrot. Dans le fond de la salle, loin des rayons du soleil filtrés par les persiennes de la vitrine, trois ouvriers basanés ont posé leurs verres de vin rouge sur la nappe au vinyle défraîchi et interrompu leur conversation. Des couvreurs qui travaillent sur le chantier de rénovation de la maison de famille des Berthier, une bâtisse de maître du dix-huitième siècle accolée au presbytère, et qui laissent leurs épidermes échauffés se refroidir lentement sous le module bruyant d'un climatiseur bon marché. Accoudés au comptoir, Gérald Morlaix et Philippe Dutrieux, l'un chômeur malingre tout en nerfs, l'autre retraité rond et effacé, sont plongés dans une extase passive où la fascination le dispute à un début d'ivresse doucereuse, leurs cous tendus vers cette image de LEUR village, de LEUR mairie, projetée au travers de la liturgie spectaculaire de la matrice d'informations nationales. À quelques dizaines de centimètres au-dessus de leurs visages défilent les images extatiques d'une renommée encore inenvisageable il y a quelques jours. Devant la borne de la Française des Jeux, au bout du comptoir, Martine Coulomb, joueuse compulsive, s'est immobilisée elle aussi, ses divers tickets à gratter en main, échappant pour quelques rares instants à ses rêves fébriles de gains rapides. Derrière sa caisse enregistreuse, Alain Robert, le patron, lève un œil attentif sur l'écran de son téléviseur et en constate principalement la saleté, se demandant pourquoi Chloé, sa serveuse à mi-temps, n'y passe pas un coup de chiffon plus régulier.

Attablés l'un en face de l'autre sous un cadre écaillé abritant une méchante reproduction du *Bonaparte au col du Grand-Saint-Bernard* de David – décoration jugée appropriée par le nouveau propriétaire pour son café renommé Le Grognard par son prédécesseur –, Yann Kémeneur, exploitant agricole, et Boris Génolac, éleveur et fromager, déjeunent tout en faisant mine de se désintéresser de cette présentation répétitive de leur récente actualité tragique sur une de ces chaînes privées de diffusion continue financées par un groupe quelconque du CAC 40. Bien que le journaliste cache avec difficulté sa frustration de ne pas avoir d'images *post mortem* de la victime à exhiber, et que le court reportage se distingue surtout par l'absence de contenu informatif et par la multiplication hasardeuse des suppositions qui y sont émises, les deux hommes au comptoir en ponctuent la diffusion par ce qui ressemble à des hochements de tête approbateurs. Brisant le silence qui s'est abattu et se tournant vers le duo mangeant son repas ouvrier sous la croûte de la campagne d'Italie, Gérald Morlaix interpelle le Breton :

– Alors, Kémeneur, qu'est-ce t'en dis ? T'es content ?

L'homme échange un bref coup d'œil avec son collègue de table, un blond massif aux cheveux courts, avant de lancer un regard hostile au chômeur, aussitôt imité par Génolac. Comme les deux paysans font mine de reprendre leur conversation tout en finissant leur assiette de charcuterie, Morlaix insiste, son visage maigre se crispant au-dessus de son cou tendineux :

– Ben alors, on t'a connu plus bavard ? Tu nous fais pas une p'tite conférence sur tes satanés loups ?

Après un nouveau regard à son ami, Kémeneur repousse son assiette et oriente vers l'importun sa face ronde aux grands yeux, encadrée d'une broussailleuse tignasse grisonnante et bouclée. Plus jeune, on le surnommait parfois « Joël Bats », mais la référence footballistique a pris de l'âge, tout comme lui.

– Tais-toi donc, Morlaix. Et parle de ce que tu connais. Cela t'évitera de passer pour un con.

Aiguillé par l'insulte à peine voilée, Gérald lance un regard circulaire, comme s'il priait les divers témoins de constater sa bonne foi initiale et son absence de responsabilité dans l'escalade à venir, avant de faire trois pas en direction de la table où déjeunent les deux agriculteurs.

– Ah, oui, c'est vrai. Toi tu les connais, les loups, hein ? T'en as lu des livres sur le sujet, hein ? Tu les as vus en cage chez tes amis écolos, hein ?

– Jusqu'ici, rien ne prouve que la petite Daumois ait été attaquée par un loup…

Morlaix ouvre de grands yeux. Stupéfait et excité par l'audace.

– Ben oui. Chuis con. C'est sûrement le caniche de la coiffeuse qu'a fait le coup. Tu nous as assez expliqué que les loups, ça n'attaque pas les humains…

Kémeneur adresse un regard ironique à Génolac.

– Force est de constater que ça n'est pas arrivé une seule fois depuis le retour du loup dans le Mercantour, il y a quoi… Boris ? Plus de vingt-cinq ans ?

L'autre acquiesce, un morceau de terrine en bouche.

– C'est ça. Faites les malins, poursuit Morlaix. Y a bien que des pièces rapportées comme vous pour balancer des conneries pareilles… Vous y connaissez que dalle !

Kémeneur lance un regard au patron derrière son bar pour lui signifier que l'interruption involontaire et inopportune de son repas a assez duré, mais Robert se contente d'essuyer un verre en silence. Les circonstances de la mort de Maëva ont fait le tour du village, tout comme les détails de l'état de sa dépouille et du martyre enduré. Les cœurs endurcis du monde rural ont rejailli, convoquant déjà en souvenirs revanchards une ribambelle de linceuls sortis de leurs maies antiques qui sentent la vieille cire. Gérald hausse encore le ton, son quatrième Ricard vite ingéré lui donnant une légère intonation vaseuse :

– Moi je vais te dire la vérité de gens qui s'y connaissent. Comme mon arrière-grand-mère Yvonne. Tu demanderas à mon père. Les traces de crocs sur son avant-bras qu'il y a vus toute sa jeunesse. Elle cassait la glace au lavoir quand une saloperie de loup l'a attaquée. Elle avait douze ou treize ans, avant la guerre de quatorze, et trois autres filles ont assisté à la scène. Ça, c'est pas des foutaises publiées dans tes brochures à la con par des gars qu'ont jamais vu un loup. Ça, c'est la vé-ri-té. C'est notre histoire à nous. Ma propre arrière-grand-mère... Et puisque ça recommence, on va vite régler l'affaire, nous autres. Quotas de tir ou pas quotas de tir...

Yann Kémeneur esquisse un sourire moqueur, l'œil brillant.

– Passe déjà ton permis de chasser, Gérald. Et puis ton permis de conduire, aussi. Sinon, tu risques de courir un bon moment après tes loups...

Génolac s'esclaffe en se tournant avec méchanceté vers le trentenaire, debout à deux mètres d'eux, dansant d'un pied sur l'autre, boxeur malingre qui cherche une ouverture. Malgré son âge, le chômeur longue durée roule toujours en cyclomoteur, un Peugeot 102 orange, après six échecs à l'examen du Code de la route et quelques sessions de conduite sans suite, faute de financement. Blessure intime, source d'un complexe d'infériorité bien connu dans le village. Lui qui rêvait d'un 4 × 4 à benne, un « *pick-up* » d'Américain. Rougissant, mais pas assez téméraire pour s'en prendre physiquement aux deux agriculteurs qui lui rendent au minimum vingt kilogrammes chacun, Morlaix finit par regagner le comptoir. Le vieux Dutrieux tente de lui adresser un regard amical de soutien mais l'homme n'y voit que de la pitié, et de la moquerie aussi, à peine dissimulée dans le masque faussement impassible du patron, tandis que Martine quitte le bistrot après avoir rejoué tous ses tickets à gratter, jusqu'à ce qu'ils soient tous perdants.

Bravache, Gérald s'enfile une cinquième anisette pour ne pas céder le terrain trop vite, mais le carillon de la porte d'entrée tinte bientôt sur ses talons, vite suivi du bruit de crécelle de son cyclomoteur dans la rue.

Trouvailles

Le brigadier Freysse a levé le bras, sémaphore maigrichon dans la houle végétale qui bruisse avec désordre au gré du vent agité qui s'est levé depuis une demi-heure.

Un orage arrive. Le major se hâte pour rejoindre son subalterne, brisant des fougères à son passage, écartant d'un bras un massif de genêts qui auraient bien voulu lui fouetter le visage, échappant aux ronces multiples qui s'agrippent à son pantalon de service. *Comme si la forêt essayait de m'empêcher de savoir.*

Sa casquette vissée sur son crâne anguleux rasé de près, le brigadier affiche une certaine satisfaction, debout au milieu d'une éclaircie. Quelques mètres carrés d'herbe pelée et de terre battue cerclent un noisetier aux nombreux rejetons pour esquisser une clairière ténue et indécelable depuis les taillis alentour. Un chemin réduit à son minimum, une piste quasi animale, y aboutit sans poursuivre au-delà. Freysse pointe le sol d'un bras tendu et d'un index ferme. Remangeon découvre une ballerine et un téléphone portable. La chaussure est identique à celle qui manquait à la victime le jour de sa découverte, trois gouttes brunes de sang séché sont visibles sur son flanc à la toile terreuse.

– Bravo, Freysse.

Fabrice extirpe un appareil photo numérique de sa ceinture d'accessoire, un modèle obsolète mais propriété de sa brigade et de la Gendarmerie nationale, pour prendre plusieurs clichés des objets en situation, ainsi que des vues générales de la clairière, demandant à son brigadier de continuer à montrer du doigt les objets au sol pendant qu'il les photographie. Il collecte ensuite les objets dans des sacs plastique hermétiques, avant d'entreprendre une inspection de la zone.

– Tu as vu autre chose ?

– Là-bas. Des traces de pneumatiques.

Remangeon gagne rapidement l'endroit indiqué, son collègue sur les talons. La bande passante est réduite, les stries diagonales peu profondes, avec des sculptures très classiques. *Un vélo tout-terrain, voire une mobylette.* Fabrice réalise de nouvelles photographies. Impossible désormais de relier ses empreintes au jour de la mort de la petite Daumois, mais il estime tout de même assez improbable qu'elle soit venue ici seule et à pied dans cette tenue légère.

Rendez-vous galant ?

– Bon. Si les données du téléphone sont exploitables, on ne devrait pas trop peiner à trouver des éléments sur un éventuel petit copain avec un VTT ou un cyclo…

Freysse opine de la tête en silence, tandis que

Remangeon rajuste ses lunettes Police en levant le menton. Autour d'eux, les frondaisons s'agitent, une fébrilité atmosphérique gagne les bois.

– L'orage arrive. On a trouvé le portable juste à temps.

– Comment vous saviez que la zone d'attaque et celle de la découverte étaient distinctes, major ?

Fabrice dévisage son subalterne. Il n'y a nulle malice dans les traits de celui-ci, rien qu'une curiosité attentive. Fabrice ose un sourire.

– Au risque de te décevoir, je n'ai eu aucune « intuition ». Rien que de l'analyse et de la logique.

Remangeon pointe la piste qui aboutit à la clairière.

– Viens, redescendons cette piste. J'imagine qu'elle recoupe le chemin un peu en amont de la fourgonnette. On y trouvera peut-être quelque chose.

Les deux gendarmes s'engagent dans la voie étroite, à peine un chemin de randonnée occasionnelle. Des branches claquent en s'entrechoquant à proximité, des feuilles se soulèvent au-dessus de leurs têtes. Fabrice aime cette brusque tension qui gagne la forêt pour la sortir de sa torpeur diurne estivale, mais Freysse presse le pas derrière lui. Sans être vraiment craintif, le jeune militaire est gagné par une révérence intimidée face aux forces de la nature qui murmurent l'introduction à leur chant du tonnerre et de la foudre à ses oreilles de citadin un peu trop éloigné de ses murs en béton et de leur sentiment de sécurité fallacieux.

Les deux hommes n'entendent pas, dans leurs

dos, la lourde respiration de l'observateur dissimulé en retrait de la piste. Celui-ci les a regardés passer, empli d'une crainte viscérale de leur apparence tout autant que d'un désir de se jeter sur eux, conflit interne qui finalement ne fait que porter sa frustration rageuse à un nouvel échelon.

Lorsqu'ils rentrent à la brigade, vingt minutes plus tard, l'adjudant dc Frcitas ct lc brigadicr Geretz s'extirpent en silence de la fourgonnette, le premier rendu taciturne par ce nouveau succès du major, la seconde pressée et satisfaite de ne pas avoir à faire d'heures supplémentaires pour cette fois. De grosses gouttes froides s'abattent dans la cour intérieure de la brigade, tandis que le roulement de l'orage arrive droit sur eux depuis le Nord-Ouest.

En remontant rapidement le couloir sombre de leur unité, Geretz aperçoit un homme devant la porte d'entrée. Un sexagénaire bon teint, assez grand, qui jette des regards inquiets au-dessus de lui en rentrant le cou dans les épaules. La brune va lui ouvrir, faisant grincer les ressorts fatigués de la porte à la peinture écaillée.

– Oui, monsieur ?

L'homme la dévisage longuement de ses yeux gris, la mettant mal à l'aise. Il porte une chemisette de couleur kaki enrichie d'un fin tartan noir et jaune. Près du col, impeccable, est accrochée une épinglette émaillée où figure une tête de loup, aux côtés de ce que Geretz identifie comme une rosette de la Légion d'honneur.

– Étienne de Rougemont. Lieutenant de louveterie. J'ai rendez-vous avec le major Remangeon.

– Ah. Entrez.

Le temps que l'homme soit rejoint par Remangeon dans le bureau personnel du major, une pluie battante s'est abattue sur le préfabriqué de l'unité rurale, martelant le simple vitrage aux joints défaillants. Les deux hommes sont obligés d'élever légèrement la voix, tandis qu'au-dehors la luminosité a baissé de plusieurs crans. Le chasseur informe rapidement le chef de brigade que le préfet a ordonné l'organisation urgente d'une première battue administrative, pour laquelle les effectifs de Fabrice seraient requis.

– Je doute que tous mes personnels soient vraiment efficaces carabine en main. À ma connaissance, je suis le seul titulaire d'un permis de chasser.

– Ce n'est pas pour participer à la battue, mais pour en assurer la sécurité. Le préfet craint des troubles.

– Des écologistes ?

Rougemont acquiesce.

– Vous avez deux activistes identifiés sur le territoire. L'un est vice-président du FERAL, une association nationale favorable à la réintroduction des loups, des ours et des lynx qui compte une douzaine de sections et de permanences locales, dont une à Romo, l'autre est un administrateur de forum Internet, du réseau WolfWatch. Créé à l'origine aux États-Unis, ce site et ses variantes étrangères couvrent aujourd'hui une bonne douzaine de pays. Le premier est surtout engagé dans la microédition militante, le second est plus discret, mais on le retrouve à faire le coup de poing dans diverses manifestations anti-chasse depuis quelques années.

Fabrice lève un œil suspicieux vers son interlocuteur. *Un ancien de la maison ?*

– Et le nom de ces personnes ?

– Boris Génolac et Yann Kémeneur. Tous deux agriculteurs.

Un crayon s'ébroue rapidement dans la main du major pour coucher les noms sur un cahier écorné déjà encombré de notes diverses. La date de la première battue est arrêtée au surlendemain, le lieu de rendez-vous et l'horaire d'arrivée des effectifs de Remangeon sont fixés.

– Combien ?

– Pardon, major ?

– Combien de loups êtes-vous autorisés à tirer ? Quel est le plan de chasse ?

Les yeux du lieutenant de louveterie se ferment légèrement.

– Je suis autorisé à procéder à la destruction complète de la meute, et il m'est ordonné d'abattre *a minima* un spécimen.

Le public réclame désormais sa dose de sang animal en guise de sacrifice expiatoire. Que la Bête se meure…

Les deux hommes se séparent après une poignée de main. Un éclair illumine brusquement la pièce. Fabrice compte mentalement quatre secondes avant que le craquement du tonnerre ne déchire les cieux au-dessus et autour d'eux.

Alors qu'il ajuste sa ceinture de sécurité en appréciant l'odeur et le crissement du cuir neuf de sa nouvelle berline, Étienne de Rougemont repasse mentalement en revue sa rencontre avec le major. Pour ne pas déroger à une vieille tradition rurale, le gendarme de retour au pays s'est vite vu affublé dans le canton de quelques surnoms. Ses détracteurs semblent former un consensus autour du *Loup-garou,* autant pour marquer ses penchants solitaires que pour moquer son côté un peu sorcier, tout en soulignant la part de violence potentielle qu'il réprime, et qui peut surgir de façon brusque, comme par métamorphose.

Plutôt bien trouvé.

Tandis que le chasseur bénévole nommé par le préfet s'éloigne en s'engageant avec prudence sous un rideau de pluie qui réduit sa visibilité à une vingtaine de mètres, Remangeon ne reste pas longtemps seul derrière son bureau : de Freitas se présente à lui, une liasse de papiers agrafés en main encore tièdes du toner de l'imprimante.

– Le rapport d'autopsie, major.

Battue

Delphine observe le dos de son homme qui s'éloigne depuis la vitre de la cuisine. Le polo bleu ciel impeccable et repassé tombe avec justesse sur ses épaules larges. Sa nuque rasée à la tondeuse chaque semaine, comme le reste de son crâne, laisse apparaître l'extrémité des branches de ses lunettes de flic de série américaine – l'accessoire de trop, selon l'éleveuse de faisans – et souligne d'une bande claire le rebord de sa casquette de service qu'il prend toujours une ou deux minutes à positionner devant un miroir, bien droite, enfoncée juste ce qu'il faut. Un seul faux pli se distingue dans la partie arrière de son pantalon de treillis bleu marine. En dépit de sa maniaquerie concernant sa tenue, il refuse que Delphine s'occupe de son uniforme, sans qu'elle sache s'il s'agit d'une habitude liée à sa longue période de célibat forcé, à une sorte d'hommage à Élise, sa rivale fantomatique, cette première épouse adulée, abattue par erreur par des braconniers alors qu'elle se rendait à un rendez-vous avec un amant, ou encore à une forme de superstition.

La troisième possibilité aurait été exclue il y a encore un an, mais à présent…

Delphine mesure l'ampleur des bouleversements survenus dans sa vie au cours des douze derniers mois. Après tant d'années d'immobilisme, le temps avait fini par s'accélérer et Fabrice était revenu, contre toute attente, défiant toute logique et toute probabilité. Ce seul retour au pays était incroyable en soi, elle était souvent tentée de se pincer pour y croire, pour être sûre qu'il ne s'agissait pas d'une illusion, mais il avait fini en plus par l'épouser !

Toi, la fille Alapetite. La fille de ferme. Toi, que tous avaient renoncé à marier un jour, tes parents les premiers. Toi, qui es si nulle en fin de compte… Comme si élever de la volaille pour le tir réclamait une quelconque compétence !

L'éleveuse de faisans jette un œil à sa pendule murale. Il est si tôt, et pourtant il est déjà parti. Elle sait bien que c'est une journée spéciale, que le préfet a donné des ordres, qu'il faut répondre à la pression des politiciens, du public et des médias, mais cela n'empêche pas une sourde angoisse de lui vriller les tripes : à quelle heure va-t-il rentrer ? Trouvera-t-il le temps dans cette journée dont elle ignore le contenu exact pour y dissimuler un rendez-vous avec l'autre salope ?

Cette putain manouche. Cette sale voleuse.

Loin de ces considérations sur sa trahison conjugale et sa maîtresse, Fabrice Remangeon conduit avec détermination jusqu'à son unité.

En passant devant la salle des fêtes municipale, il remarque les premiers véhicules tout-terrain qui manœuvrent dans les cailloux et la groue du parking. Des silhouettes en vert. La silhouette rigide du lieutenant de louveterie. Lorsqu'il revient, vingt minutes plus tard, avec son personnel au complet réparti dans deux véhicules, de Freitas et Geretz dans le vieux camion, Freysse et lui dans le Land Rover Defender qu'il a fini par obtenir à force de récriminations auprès de la légion, le gendarme remarque l'apparition d'un groupe distinct, à bonne distance des chasseurs, autour de véhicules plus colorés, moins puissants, dont aucun ne semble être un 4 × 4.

Les portières claquent et le major se dirige vers Étienne de Rougemont. Malgré le soutien logistique apporté, une certaine tension est palpable chez les chasseurs, dont les visages fermés et crispés trahissent la méfiance envers cet État qu'incarne aujourd'hui la présence de la gendarmerie. Sous les visages faussement impassibles se devinent les accusations, boutons venimeux et fragiles qui ne demandent qu'à percer la fine pellicule de glace de la soumission citoyenne. Après des salutations laconiques, l'homme qui va diriger la chasse du jour indique du menton l'autre groupe :

– Vos activistes, major.

Remangeon se retourne. *Une douzaine, une quinzaine tout au plus*. Plusieurs femmes. Un brun grisonnant et frisé semble accaparer l'attention et incarner l'autorité. Fabrice marche droit sur lui après avoir fait un signe de tête à l'adjudant de Freitas pour qu'il prenne sa place auprès du lieutenant de louveterie.

– Mesdames. Messieurs. Gendarmerie nationale. Vous venez participer à la battue administrative ?

Yann Kémeneur toise en silence le gendarme. Celui-ci s'est mué en aimant à regards offusqués ou méprisants. Une ancienne beatnik, aussi fripée que sa tenue qui cumule pantalon zoulou et sari indien, lui jette des éclairs de malédiction depuis ses yeux verts cernés de khôl. Kémeneur finit par lancer :

– Nous sommes quelques citoyens venus surveiller le bon déroulement de cette opération d'abattage inique décidée – une fois de plus – à l'emporte-pièce par des services publics incompétents et dépassés, monsieur le gendarme.

Rien que ça ?

– Vous êtes… ?

L'agriculteur marque une hésitation. Il redresse le menton.

– Un citoyen, je vous l'ai dit.

Remangeon balaie de son regard métallique la petite assemblée, avant de se concentrer à nouveau sur le meneur, dont le reflet distordu se distingue avec netteté dans ses larges verres polarisés.

– Bon. Il est encore tôt, et je suis encore de bonne humeur. Nom, prénom, profession et lieu de résidence. Ou mes hommes, là-bas, effectuent un contrôle d'identité en règle de tout le groupe. Il se pourrait qu'on rate le début de chasse…

Les militants échangent des regards gênés. Un « Facho » à peine murmuré fuse quelque part. À l'arrière, appuyée contre une vieille Peugeot au pare-chocs rafistolé avec de la bande adhésive renforcée, Boris Génolac ne quitte pas des yeux le gendarme, les poings serrés. Kémeneur tend une main qui se veut apaisante en hochant la tête en silence en direction de ses troupes.

– Je suis Yann Kémeneur. Vice-président de l'association FERAL, Fauves En Ruralité et Animaux Libres. Agriculteur au domaine du Faillon.

– Très bien, monsieur Kémeneur. Je suis le major de gendarmerie Remangeon. Garant de l'ordre public en cette journée de battue administrative ordonnée par le préfet de la République. À compter de cet instant, je vous tiens pour personnellement responsable de la bonne tenue des diverses personnes ici présentes au cours de cette journée. Ceux qui le souhaitent peuvent s'approcher pour écouter, en silence, les directives du lieutenant de louveterie qui va assurer la direction de cette traque, et veiller à l'atteinte des objectifs fixés par les services préfectoraux en accord avec l'Office national de la chasse et de la faune sauvage…

Kémeneur ouvre la bouche mais Fabrice Remangeon a déjà tourné les talons pour rejoindre ses hommes et le reste des chasseurs. L'indécision frappe le groupe des militants – faut-il se compromettre et s'approcher ? – tandis que les regards de Kémeneur et de la hippie bariolée lui brûlent le dos.

De Freitas a sorti un calepin, alimenté avec sérieux et régularité d'un crayon à bois tenu de la main gauche. Fabrice se demande ce qu'il y a de si crucial à noter, *C'est juste une chasse après tout*, mais il est vrai qu'il est le seul chasseur de sa brigade, et qu'il a remarqué la dimension parfois exagérée que tend à prendre cette activité dans l'esprit des non-pratiquants. Un coup d'œil à Geretz lui suffit à mesurer l'ennui et le désintérêt de la brune. *Pas un mauvais gendarme, mais une pure fonctionnaire.* Il se demande si elle remet le piercing qu'elle porte sur la langue en dehors de ses heures de service pour sucer l'adjudant. Elle est clairement sous la coupe du Portugais, tandis que Freysse lui est totalement dévoué. Parfait équilibre des forces dans la brigade.

Il n'y a que ton grade pour faire pencher la balance. Jusqu'à quand ?

Fabrice sait très bien qu'il n'obtiendra jamais le cinquième personnel qu'il souhaiterait. Il sait surtout que c'est désormais la survie même de sa brigade qui est en jeu. « Régionalisation », tel est le nouveau mot d'ordre, le nouveau cri de ralliement des hiérarchies en mal de réforme. Bientôt, son personnel sera ventilé, le préfabriqué vétuste définitivement fermé et lorsque les gens du village viendront sonner à l'interphone, ils parleront sans le savoir à un gendarme de faction à trente ou quarante kilomètres de là.

Les mots d'Étienne de Rougemont glissent à la surface de son esprit, sonorités sans reliefs ni aspérités, tandis que de lointains souvenirs de ses débuts dans la gendarmerie emplissent sa poitrine d'une nostalgie glacée. Le drapeau français qui s'élevait dans le ciel si lumineux de la cour de leur première caserne. Le sourire juvénile d'Élise, encore vide de toute duplicité. Ce sourire devenu lame au fil des ans. Poignard qui déchire son âme, encore et encore, et dont il sait bien que jamais il ne guérira.

Rixe

– Vous roulez un peu vite, là, major, non ?

Tel un moussaillon battu par un méchant grain, Freysse se cramponne à la poignée de sa portière, l'autre main en opposition au-dessus de sa tête pour éviter de heurter le plafonnier, déjà très bas dans ce modèle de véhicule, et dont la distance par rapport à son crâne est dangereusement réduite par les sursauts que sa frêle carcasse effectue sur son fauteuil à cause des cahots du chemin emprunté trop vite par le 4 × 4 de gendarmerie. Fabrice reste muet, concentré sur sa conduite, la mâchoire verrouillée. Il se moque bien que les militants animaliers et les chasseurs s'empoignent et se battent comme des chiffonniers, mais la responsabilité du bon déroulement de cette battue repose sur ses épaules. Le Solognot sait que le moindre errement de sa part pourra être utilisé, si ce n'est amplifié, par sa hiérarchie pour se débarrasser enfin de lui.

Le Defender 90 gronde et rétrograde dans un chemin défoncé, aux ornières encore humides du dernier orage. Quand Fabrice freine, sans ménagement, les crans profonds et rectangulaires des pneumatiques déchirent la couche superficielle de terre et la scalpent pour mettre à nu des pierres blanches et des silex coupants. Le véhicule s'immobilise après une glissade de presque deux mètres. Le major a déjà sauté du véhicule et repère un chasseur posté à quelques mètres de lui, arme à l'épaule, visage fermé, qui tend un bras en direction de la zone d'affrontement : une bande clairsemée, en friche, parsemée de jeunes sapins qui descend en pente douce jusqu'au chemin.

À trente mètres de lui, un grand costaud en treillis camouflage sous le gilet orange de battue vient de gifler l'ancienne hippie. Le geste est ample et non retenu. La bandoulière de sa carabine tenue de l'autre main s'agite dans l'air, serpent paresseux. Surprise et choquée, une main sur sa joue cuisante, la femme recule de deux bons pas tandis qu'un blond au regard déterminé se jette sur le chasseur pour le saisir au col. *Boris Génolac.* Un brun frisé tente de le retenir, *Yann Kémeneur*, et un autre chasseur arrive en courant depuis la direction opposée à celle de Fabrice. Génolac ne se contente pas d'une empoignade mais assène un coup de tête sonore dans le plexus du chasseur trop grand pour lui. Celui-ci s'effondre, déséquilibré, le souffle coupé, le visage crispé, les yeux fermés, l'arme lui échappant des mains pour tomber dans les hautes herbes. Face à Fabrice, le chasseur arrivé à la rescousse a ralenti, et le gendarme peut lire dans son regard la brève tentation mortelle de lever son arme sur l'agriculteur qui vient d'agresser son collègue. *C'est le point de basculement.* Un coup de feu retentit. Les visages stupéfaits se tournent vers le major de gendarmerie. La tension a chuté d'un cran ou deux. *Mais sera-ce suffisant?* Fabrice couvre la distance qui le sépare des protagonistes de la rixe à grandes enjambées en rangeant son arme de service à la ceinture après son coup de semonce. Il consulte sa montre et pointe un index sur les trois militants animaliers, ainsi que sur le chasseur à terre qui grimace en se massant la poitrine.

– Il est quinze heures cinquante-sept et je vous signifie le début de votre garde à vue. À tous les quatre !

Remangeon se retourne pour constater que Freysse l'a malgré tout suivi. Le major vient se placer entre les militants, plus ou moins regroupés, et le chasseur à terre. Génolac et Kémeneur jettent de rapides coups d'œil sur leurs arrières, comme s'ils évaluaient la possibilité d'une fuite. Fabrice verrouille son regard métallique sur eux, la voix la plus ferme possible :

– Le brigadier Freysse va vous escorter jusqu'au chemin, en attendant le véhicule qui va vous transférer au poste.

Son collègue porte une main machinale à sa ceinture d'accessoires, le visage déformé par une brusque hésitation. Fabrice coupe court à son interrogation :

– Inutile d'utiliser les menottes, Freysse. Ces messieurs-dames vont te suivre de leur plein gré, n'est-ce pas ?

Ce serait préférable, avec deux paires de menottes à eux deux pour quatre prévenus...

Les trois militants échangent un long regard muet. Le major pose une main lourde sur l'épaule du chasseur à terre.

– Vous, vous venez avec moi. Dans le 4 × 4.

L'homme lève la tête. Entre deux clignements de douleur, ses yeux lancent des éclairs furieux de colère et de protestation. Le second chasseur a remisé sa carabine en bandoulière et fait un pas vers Fabrice, le visage autant empourpré par sa course que par l'excitation. Un visage en lame de couteau sous une frange grise d'où percent deux yeux gris et accusateurs. Il pointe un bras rageur vers les trois militants.

– Mais ce sont eux ! Ils nous ont empêchés de tirer les loups !

Remangeon lève la main pour le faire taire.

– On verra ça plus tard.

Freysse a contourné le groupe des militants, le visage fermé, et leur indique du bras la direction du chemin où le 4 × 4 s'est immobilisé de travers, comme s'il réglait une circulation perturbée. Fabrice demande au chasseur à terre de se relever. Un bruit de moteur en surrégime se fait entendre en contrebas, venu de la direction opposée aux gendarmes. Un véhicule tout-terrain gris métallisé ne tarde pas à apparaître pour venir s'arrêter nez contre nez avec le Defender des gendarmes. Étienne de Rougemont en descend, accompagné du président des chasseurs locaux.

Les deux agriculteurs se sondent mutuellement

une dernière fois, avant de constater que Remangeon ne les lâche pas de son regard de robot flic. Ils sentent instinctivement que derrière l'apparente décontraction du major se dessine une tension extrême. La main droite sur la cuisse bien trop près de l'étui de son arme de service. Kémeneur est sur le point de lui faire remarquer que cela ressemble à une provocation de mauvais western, mais l'arrivée d'un nouveau véhicule dans le chemin détourne son attention.

Le panier à salade.

Le mouvement de tête de Remangeon en direction du camion de sa brigade est presque imperceptible. Les freins couinent, puis les portières claquent. L'arrivée finale de Geretz et de Freitas vient sceller l'instant et briser définitivement la zone d'incertitude qui pouvait subsister. Les militants ont baissé la tête et s'avancent à pas contraints dans l'herbe tandis que le grand chasseur est sur pied. Fabrice lui empoigne le bras.

– Allez.

Deux minutes sont suffisantes pour faire grimper le chasseur à l'arrière du Land Rover et embarquer les militants animaliers dans le fourgon. La musculature de Remangeon consent à se détendre enfin, son rythme cardiaque se ralentit. Un léger picotement de satisfaction lui hérisse l'échine. La retraitée aux yeux sombres lui jette un dernier sort muet au travers du hublot arrière alors que le camion conduit par de Freitas s'éloigne. Assis à ses côtés, à peine visible, le Breton affiche un sourire narquois qui oscille dans l'ombre au gré des suspensions fatiguées. *Ils ont réussi.* Génolac, lui, ferme les yeux en posant l'arrière de son crâne contre la vitre. Il sait qu'avec ses antécédents il ne coupera pas au passage devant le juge si le chasseur dépose plainte pour le coup de tête. *Et avec ce connard de gendarme comme témoin, impossible de faire front contre les accusations à venir des deux chasseurs.*

Plus loin dans le massif forestier, trois silhouettes claires et efflanquées filent à grande vitesse. Les gueules entrouvertes aspirent l'oxygène avec régularité pour leur permettre de maintenir le rythme soutenu de leur fuite. Rose humide des langues et ivoire jauni des crocs. Deux jappements brefs de l'animal de tête suffisent à infléchir la trajectoire du trio de quelques degrés sur leur gauche. Les bois renouent avec la vieille tradition millénaire de la course des loups.

Débriefing

Freysse s'est laissé offrir une cigarette par le président des chasseurs locaux sous l'œil neutre, voire complaisant, de son supérieur. *Celle-ci est méritée.* Pour Fabrice, la grande qualité de son subalterne réside dans sa constance quasi bornée à rester discret. On pourrait trouver le jeune militaire sans grand intérêt, à la brigade – ce dont ne se gênent pas Geretz et de Freitas, qui l'ont surnommé en douce « Rasoir », en double référence à sa coupe de cheveux et à l'ennui qu'il est censé faire naître chez eux –, mais sa sobre efficacité sur le terrain, *sans jamais la ramener*, est une alliée précieuse pour Fabrice dans les moments délicats comme celui qu'ils viennent de vivre. Appuyés contre le 4 × 4 bleu, le jeune gendarme et le président fument en silence, côte à côte, laissant le major et le lieutenant de louveterie discuter un peu plus loin. Derrière eux, dans la voiture, le grand chasseur passe une main nerveuse sous son gilet orange. Une gêne sourde et ténue, occasionnée autant par le coup vicieux reçu de Génolac que par la tiédeur de l'habitacle du véhicule garé au soleil, entrave légèrement sa respiration.

À la façon dont son interlocuteur pose ses mains haut sur ses hanches au-dessus d'un large ceinturon porté avec soin sur son pantalon vert foncé, Fabrice est désormais convaincu que l'homme face à lui est un ancien militaire. Ses traits sont calmes et Remangeon n'est pas en mesure d'y déchiffrer une quelconque aigreur. *Pas du genre à craindre les récriminations d'un préfet de province. Plutôt bon signe.* Le louvetier finit par demander :

– Alors, quel est le bilan, au final ?

– Une gifle et un coup de tête.

Rougemont jette un regard alentour, avant de sourire franchement.

– Une bonne mêlée, quoi.

Il faut une poignée de secondes au Solognot pour saisir la référence rugbystique.

– Vous avez pratiqué ?

– Mmh. Un petit peu. En Fédérale.

Fabrice se contente de hocher la tête. Personne n'a jamais réussi à lui faire intégrer la moindre équipe de sport collectif. *Et certainement pas un jeu de balle.*

– Je vais maintenant pouvoir demander au préfet de mener uniquement des battues à huis clos. Nous serons plus tranquilles.

Remangeon note mentalement autant le *nous* que la véritable raison du calme du superviseur de la chasse ratée du jour. Désagréable sensation de s'être fait manipuler. Étienne de Rougemont tient à désamorcer rapidement la situation :

– Rien d'intentionnel, major. Mais il fallait s'y attendre. Avec une telle médiatisation et ces deux gugusses sur votre zone. Ils n'allaient pas rater une si belle occasion de se faire mousser… Vous avez fait ce qu'il fallait. Avec des effectifs ridicules. J'en informerai qui de droit.

Remangeon hoche à nouveau la tête. Derrière l'écran de ses lunettes, il se demande jusqu'à quel point il peut faire confiance à ce personnage à la croisée du barbouze, du politicien et du pisteur de brousse.

Sans doute assez peu. Méfiance.

– Vous comptez organiser une autre battue rapidement ?

L'homme réfléchit plusieurs secondes, une vague balayant d'une onde éphémère de scepticisme son visage jusque-là concentré.

– Ce qui est gênant, c'est que ces animaux risquent de se décantonner, à présent. Un loup, ça peut vite parcourir de grandes distances… Si on les effarouche trop, on va les retrouver en forêt d'Orléans dans trois jours…

– Au moins, ça ne sera plus mon problème. Ni le vôtre.

– Oui, certes. Mais je ne suis pas sûr que les autorités apprécient qu'on laisse vagabonder une meute avec des antécédents agressifs du côté d'un massif aussi fréquenté… Et puis… votre victime ?

Brève réminiscence du corps martyrisé couché dans les hautes herbes souillées de sang séché.

– Elle est morte, lieutenant. Et je ne vois pas l'intérêt d'en vouloir à un animal sauvage. C'est absurde. Il n'y a rien de criminel à assumer sa nature. Et s'il n'y a pas de crime, il n'y a aucune justice à rendre. Il vous faut une tête au bout d'une pique pour la populace. Je veux bien vous aider, mais laissons les hypocrisies de côté.

Le louvetier n'a pu réprimer un léger mouvement de surprise à l'énoncé de son grade tout ce qu'il y a de plus honorifique, et envers lequel les authentiques officiers montrent généralement peu de complaisance. Le côté abrupt et direct de ce gendarme n'est pas pour lui déplaire non plus. Il lève un bras lourd de lassitude.

– Ces battues… Elles ne serviront pas à grand-chose. Il me faudrait juste quatre ou cinq types comme vous, major, et un spécialiste du loup pour nous guider.

Fabrice laisse l'idée assez romanesque envahir son esprit : *Une traque au loup. En pleine Sologne*. Vieux souvenirs de crapahut. Rêves de profondes forêts russes. L'espace d'un instant, il se retire du lieu et de l'instant. Un air vif lui mord les joues, des tintements métalliques résonnent dans l'atmosphère claire, des flocons de neige s'attardent et fondent dans les pilosités naissantes de visages qui perdent l'habitude de se raser. Des sourires sauvages illuminent des faces rougies où brillent des yeux gorgés d'aventure.

– Major ?

Fabrice s'extirpe à contrecœur de sa vision. Léger vertige.

– Vous ne connaissez personne dans le coin qui pourrait nous aider ?

Remangeon marque une longue pause face à l'ambiguïté qu'il perçoit dans cette nouvelle question.

Qu'est-ce qu'il me demande ? Si je ne connais pas un meneur de loups ? Si je n'en suis pas un moi-même ?

Mal à l'aise, Fabrice tente de plaisanter :

– Demandez au préfet de me payer un voyage dans l'Oural. Je vous ramènerai un vieux contremaître nostalgique des chasses tsaristes.

Rougemont esquisse un sourire, mais qui ne suffit pas à oblitérer la lueur soucieuse qui couve sous le voile clair de son regard. Derrière l'attitude calme, Fabrice n'a aucun mal à imaginer la pression subie par l'homme et son équipe depuis quelques jours. Le Solognot soulève un nouveau point :

– Et l'ONF ? La brigade Loup ?

Le louvetier demeure silencieux un long instant, comme s'il n'avait pas entendu la question. L'homme finit par lâcher un petit sourire ironique en secouant la tête.

– La brigade Loup, c'est l'art et la manière de ménager la chèvre et le chou... Soit on tire des animaux, soit on les étudie. Faire les deux, c'est compliqué. Encore une lubie de technocrates.

Plus loin, Freysse a soigneusement éteint son mégot, avant de l'enfoncer dans la poche de son pantalon de service. Le jeune gendarme se redresse, en attente de la suite des événements. Remangeon jette un œil au chasseur, qui commence à s'agiter à l'arrière de leur véhicule. *Il doit commencer à avoir chaud là-dedans*. Fabrice tend une main au louvetier, dont la poigne est ferme mais rapide. Comme s'il redoutait de trop prolonger le contact physique.

– J'ai peur que les traqueurs de loups aient disparu avec leurs précieux savoirs il y a un siècle, lieutenant.

Étienne de Rougemont marque son approbation d'un signe de tête, avant de poser ses yeux gris sur l'horizon, comme s'il cherchait un signe dans les hautes frondaisons des pins qui brisent la ligne moutonneuse des chênes et des bouleaux.

– Qui l'aurait cru, hein, major ?

– Cru quoi ?

– Qu'ils allaient revenir.

Auditions

– Mais vous avez vu le profil de la personne en question ?

Assis derrière son bureau, le téléphone à l'oreille, Fabrice fait un signe à l'adjudant de Freitas de sa main libre, lui demandant de s'approcher. Son subalterne vient prendre place face à lui, le visage marqué d'une légère contrariété.

– Oui, bien sûr que j'ai vu les conclusions du légiste. Mais quand même… On est proches du cas social. Les Bégonias, ce sont un peu nos « quartiers nord » : des pavillons miteux gérés par l'office HLM régional… Le genre d'endroit où un chômeur longue durée pourrait entasser des chiots d'attaque en attendant de les vendre sur Internet pour arrondir son RSA, non ?

Silence dans le bureau. Remangeon ne cache pas son agacement. Sa main gauche pianote sur son bureau avant de se contracter en un poing compact. L'adjudant remarque à quel point les phalanges blanchissent l'espace de quelques brèves secondes. Le major finit par conclure d'un froid remerciement, avant de jeter son téléphone devant lui sur le clavier de son PC. Il apostrophe alors son collègue :

– Ces enfoirés ne veulent rien savoir… Pour eux, l'affaire est close.

L'adjudant se contente de hausser ses épaules râblées. Pour lui, l'attitude de la Brigade de recherches est logique. Fabrice a reçu deux heures plus tôt un scan médiocre de la liste d'appels du téléphone de Maëva Daumois, après l'avoir réclamée une énième fois auprès de ses collègues, qui en disposaient déjà depuis quarante-huit heures et n'avaient pas jugé bon de la lui transmettre. Le document montre des coups de fil journaliers, en appel et en réception, avec le téléphone portable de Gérald Morlaix. Y compris le matin du décès.

– On a un type de trente-deux ans, pilier de bar notoire, chômeur longue durée, célibataire, solitaire, en contact quotidien avec une collégienne de quatorze ans, tuée par un canidé encore non identifié au fond des bois, et ces cons-là me demandent de ne pas m'« agiter pour rien » !

De Freitas fait la moue.

– Le légiste a écrit que l'hymen était intact. Il n'y a donc pas eu de rapports sexuels entre eux, major. Quant aux blessures et mutilations, elles sont toutes d'origine animale.

– Et alors ? En quoi ça prouve l'absence d'implication de Morlaix ? Il est peut-être impuissant. Ce type est un frustré. Vous connaissez son dossier médical, vous ? Qui nous dit que la gamine n'était pas sous contrainte lorsqu'elle est partie en forêt, comme ça, en ballerines et en tenue de ville ? Qui vous dit qu'il n'y a pas eu d'autres types de rapports sexuels ? C'était une mineure de moins de quinze ans, bordel !

L'adjudant baisse les yeux, non par soumission, mais par manque d'intérêt. Fabrice tente de canaliser son accès de mauvaise humeur. De Freitas se redresse.

– Il y a les loups. Leur présence est attestée par plusieurs témoins à la battue, et sur la région par les pièges photographiques…

– Les loups… Ah, ça en amuse du monde, vos putains de loups !…

L'adjudant cligne des yeux à plusieurs reprises. S'il y a bien un registre qui n'est pas familier à Remangeon, c'est celui de la vulgarité. Le chef de brigade coupe court :

– Bon, et le bilan de ces auditions ?

Aucune des quatre gardes à vue de la veille n'a été prolongée bien longtemps, vite transformées en auditions de témoins par Fabrice, dont l'objectif était surtout de marquer les esprits pour éviter un effet de contagion et de récidive. Maintenant que le louvetier a obtenu son autorisation de procéder à huis clos pour le reste des battues administratives, Remangeon est plutôt satisfait de sa décision et de la paperasse procédurale économisée.

– Sylvie Fadili sera convoquée par le juge.

Fabrice ne cache pas son scepticisme. Le recoupement des témoignages a montré que c'est la militante qui en se plaçant les bras en croix sur la trajectoire du grand chasseur avait empêché le tir des animaux au moment où ceux-ci sortaient de l'enceinte et passaient dans sa zone de visée. L'homme avait déjà épaulé.

Tir en travers à moins de soixante mètres à la 300 Win Mag. Au moins un des loups y serait resté. Plutôt velue, l'ancienne. Il fallait oser.

– Bon. Il va lui faire un « rappel à la loi », et elle va pouvoir se gargariser d'avoir sauvé trois loups sur Internet... Génolac ?

– Il s'en sort bien, ce con. Fadili a accepté de retirer sa plainte, en échange du retrait de celle du chasseur contre lui.

Effet domino logique.

Après une brève hésitation, l'adjudant formule son désaccord :

– Ce que je ne comprends pas, major, c'est pourquoi la simplification procédurale, et pourquoi leur avoir proposé ces retraits de plainte ?

Remangeon se laisse aller au fond de son fauteuil.

Esprit limité. Il ne comprendra jamais que ce que je lui reproche vraiment, c'est ça. Ce type ne verra jamais plus loin que le bout de son nez.

– Parce que, contrairement à ce que ces éternels narcissiques croient, ils n'ont strictement aucun intérêt dans cette affaire. Et que j'ai vraiment autre chose à faire que de les « persécuter », comme ils disent.

Fabrice pose un index sur son téléphone.

– Morlaix, lui, il m'intéresse. Il sait des choses qu'on ignore pour l'instant. Les autres, ce sont des clowns, adjudant.

Récriminations

Fabrice s'est arrêté sur le bas-côté de la route. Une entrée de chemin aux ornières sèches et arides. De part et d'autre, des maïs qui souffrent de l'alternance chaotique de cette sécheresse globale ponctuée de rares pluies trop violentes qui martèlent la terre sans l'abreuver.

C'est le sixième appel de la sorte de la journée. Jusqu'ici, elle ne lui a pas laissé de message vocal. Cette fois, une notification de message écrit s'affiche avec un petit bruit stupide.

Pas sur ce portable, bon sang.

Il déchiffre rapidement le texte de Vanessa. Elle lui reproche son silence et son absence depuis quelques jours, le tout conclu d'un « chef » qu'il devine peu amical.

C'est pas comme si j'avais une gamine morte sur les bras, les infos nationales à la porte de ma brigade et une liaison directe avec la préfecture et la Légion, hein, ma belle… ?

Il efface le message et jette le téléphone sur le fauteuil passager. Fabrice n'est pas très doué pour les explications électroniques. Son correcteur d'orthographe l'agace au plus haut point et il n'a jamais pris le temps de supprimer cette option exaspérante. Après un regard dans ses rétroviseurs, il engage son véhicule dans un rapide demi-tour en deux temps. Sa conscience tente de protester :

Tu devais rentrer tôt ce soir.

Delphine attendra. Avec sa belle et dangereuse Manouche, les explications se négocient de haute lutte. *Au close combat.*

Agility

Les bottines d'intervention font crisser quelques instants les gravillons amassés dans une déclivité creusée par le passage des spectateurs sous l'entrée du stade. Au-dessus de leurs képis, un panneau métallique au marquage à demi effacé et souligné de coulures de rouille donne un air de vieille structure soviétique en déshérence au terrain communal. Face à la virulence de la lumière de ce jour d'été qui promet une chaleur étouffante en début d'après-midi, le gendarme Freysse a chaussé à son tour une paire de lunettes de soleil aux verres et aux branches effilés. Associé à la sécheresse naturelle de son physique, l'accessoire convoque dans l'esprit de son collègue l'image mentale d'un cycliste professionnel.

Une fois dans le stade, les vestiaires vétustes en préfabriqué à main gauche, les gendarmes repèrent Gérald Morlaix, accoudé à la rambarde à mi-terrain, sur leur droite, devant des petits abris en plexiglas réservés aux entraîneurs et remplaçants les jours de match. Fabrice tend le bras pour indiquer le cyclomoteur orange attaché devant eux à l'aide d'un antivol désuet à code. Son collègue jette un œil en direction de Morlaix, avant de s'agenouiller devant l'engin. Il prend plusieurs clichés des pneumatiques avant et arrière en gros plan à l'aide de son portable. Remangeon s'est intercalé entre lui et le spectateur solitaire, qui ne les a pas encore remarqués.

Il semble captivé.

Deux chiens et deux maîtres-chiens s'activent sur le parcours canin désormais installé à demeure sur le terrain de football. Des ordres brefs fusent et s'élèvent dans la chaleur, sur fond de lourdes respirations des animaux. Fabrice apprécie quelques instants les muscles et tendons qui jouent dans les pelages au passage des obstacles. Le club local de ballon rond a fermé ses portes il y a bien dix ans, faute de recrues et de jeunes pour constituer une équipe propre. C'est l'heure désormais des ententes, et il faut parfois jusqu'à quatre villages pour arriver à trouver une douzaine de joueurs par tranche d'âge. Le conseil municipal n'a pas hésité à attribuer le terrain à la nouvelle association cynophile lorsque celle-ci l'a demandé. Avec dix-neuf adhérents et son concours annuel, ce club canin fait autant parler du village dans la presse que les rares exploits de feu l'Étoile sportive en cinquième division départementale.

Morlaix les a repérés tandis que le duo remonte à son niveau sur le terrain légèrement en pente. Remangeon perçoit dans sa silhouette une forme d'hésitation, capte un bref regard sur la droite.

Sa mobylette est derrière nous et tout ce côté du stade est grillagé.

Gérald Morlaix n'ose pas s'enfuir ouvertement et pose à nouveau ses coudes sur la rambarde, affichant une décontraction de façade. De façon naturelle, les deux gendarmes viennent encadrer le chômeur. Fabrice reste silencieux, son visage impassible orienté vers la pelouse, comme si, à son tour, il était fasciné par le spectacle des deux chiens à l'entraînement.

– Qu'est-ce que vous me voulez ?

– Juste vous poser quelques questions, monsieur Morlaix.

L'homme se renfrogne.

– Si je réponds pas, j'imagine que vous allez me convoquer, c'est ça ?

– Votre imagination est tout ce qu'il y a de plus réaliste.

Morlaix secoue la tête pour marquer son dépit. Le gendarme renchérit :

– C'est à vous de voir. On est tranquilles, ici. Loin d'oreilles indiscrètes, par une belle matinée. Une patrouille de routine. Par contre, un véhicule d'infos TV stationne h/vingt-quatre devant la brigade… Cela vous dirait de passer en boucle à la télé, monsieur Morlaix ? Je suis sûr qu'ils auraient peu de scrupules à vous qualifier de « suspect »…

Le trentenaire cligne des yeux avant de fixer le major.

– « Suspect » ? Suspect de quoi ? C'est quoi encore, ces histoires ?

Remangeon détend sa haute carcasse pour venir

s'accouder à son tour sur la rambarde. Il tourne ensuite la tête pour braquer son regard mécanique et insondable sur son interlocuteur.

– Vous pourriez nous préciser quelle était la nature exacte de votre relation avec Maëva Daumois, monsieur Morlaix ?

Nouveaux clignements d'yeux. Une pâle tension voile le visage émacié du conducteur de cyclomoteur. Fabrice insiste :

– Nous avons les listes d'appels téléphoniques.

Gérald se ferme pour regarder à nouveau en direction du parcours canin. Il finit par lâcher d'un ton rauque :

– Ça ne vous regarde pas. C'est privé.

Remangeon jette un œil à Freysse, fait la moue.

– La vie privée ne peut exercer ses droits que dans le cadre de la légalité. Tout dépend donc de la nature de vos relations avec Mlle Daumois…

Morlaix lui lance un regard noir.

– Qu'est-ce que vous croyez ? Elle avait quatorze ans, bordel !

– D'où ma question.

L'homme se détourne à nouveau.

– C'était une amie. C'est tout.

Remangeon interpelle son collègue :

– Brigadier, puisque c'est dans vos âges, des types de trente-deux ans qui sont amis avec des adolescentes de quatorze ans au point d'échanger des SMS ou des appels trois à quatre fois par semaine, vous en connaissez beaucoup ?

Freysse réfléchit quelques instants, puis secoue la tête, les lèvres pincées.

– Non, major. Aucun.

Un lourd silence s'abat sur le trio. Morlaix jette un œil à sa montre, puis en direction de son cyclomoteur.

Il hésite. Ne pas fuir la conversation trop vite, mais ne pas collaborer non plus.

Gérald se redresse, bombe sa poitrine étroite sous le T-shirt délavé et froissé.

– D'abord, je croyais qu'elle avait été tuée par un de ces putains de loups ? Pourquoi vous parlez de suspect ?

Remangeon inspire avec scepticisme.

– Un loup… non, pas forcément. Un grand canidé, oui. Ça pourrait être un chien…

Le gendarme lance un regard en direction du parcours d'Agility.

– Un chien bien dressé. C'est dingue, hein, Freysse, ce qu'on peut faire faire à un chien ?

Nouveau silence. Morlaix change de couleur. Sa nature impulsive ne peut être contenue plus avant.

– Putain, mais c'est dingue ! Faut vraiment que vous salissiez tout. On peut pas avoir une amie, on est forcément un violeur… on peut pas aimer faire une activité avec son chien, on est forcément un serial killer qui le dresse à tuer des gens… C'est vous le taré, en fait !

Remangeon se tend.

– Je vous prierai de rester correct, monsieur Morlaix.

Un index accusateur, le même que celui adressé à Kémeneur quelques jours plus tôt au bistrot, s'agite sous le nez du gendarme. Les yeux du chômeur luisent à présent d'une sourde haine noyée de rance ressentiment.

– Correct ? T'es correct, toi, Remangeon ? Tu m'accuses avec tes insinuations débiles de flic de merde et tu oses me parler de rester…

La main de Fabrice vient se plaquer sur le poitrail maigre du chômeur, qui lui rend vingt-cinq kilogrammes. Elle se referme sur le T-shirt usé pour rapprocher l'homme à trente centimètres du visage du gendarme, sans ménagement.

– Quoi, tu vas me frapper ? Vas-y, qu'est-ce que t'attends ?

Le brigadier s'agite d'un pied sur l'autre derrière Morlaix, avant de jeter un œil inquiet en direction des deux hommes qui évoluent sur le stade avec leurs bêtes, puis de revenir sur son supérieur. Silence prolongé. Le poing du major se desserre avec lenteur. Le trentenaire siffle entre ses dents :

– J'ai pas peur de toi, Remangeon. Chuis pas un de ces pedzouilles que tu fais semblant de soigner. Ta sorcellerie, c'est du pipeau. C'est juste un moyen de plus pour renforcer ton pouvoir sur les idiots du coin…

D'un geste nerveux, il dégage la main du gendarme et fait trois pas en arrière, comme s'il redoutait subitement leur proximité, potentiellement contagieuse. Après un regard mauvais à chacun des deux hommes en bleu, il s'engage sur sa gauche et marche à pas rapides jusqu'à son cyclomoteur. Le modeste cinquante centimètres cubes pétarade dans la chaleur moite, crachant quelques volutes bleutées d'un mélange pour deux-temps généreux en huile. Ses genoux cagneux repliés contre le réservoir de son 102, Morlaix disparaît sous l'enseigne métallique rouillée dans un bruit de bourdon paresseux.

Freysse et Remangeon échangent un long regard muet où aucun n'est sûr de déceler avec précision le sentiment de l'autre.

Délation

Fabrice observe froidement le téléphone qui sonne et vibre sur son bureau, petit animal électronique quémandant un contact illusoire avec le clavier de son PC.

Plastique moulé contre plastique moulé. On se touche et on se frotte par gadget interposé.

Le major soulève le capot de protection d'un geste machinal.

Appel anonyme.

Sa règle est simple, dans ce cas : ne pas répondre et attendre un éventuel message. L'objet finit par s'immobiliser. Après quelques secondes pendant lesquelles il a patienté, son portable à l'oreille, en jetant un coup d'œil vers Geretz, penchée en silence sur un rapport de patrouille depuis presque une heure, il comprend qu'il n'a pas attendu en vain. La messagerie débite bientôt sa litanie de robot bon marché, avant qu'une voix masculine ne lui affirme, sans passion :

« Il y a eu une deuxième attaque de loups hier, mais certaines personnes de la mairie ne veulent pas que vous le sachiez. Allez voir les sœurs Leleu, au domaine du Gas-de-Bruyère... »

Le regard sombre du major s'est légèrement agrandi sous l'effet de la surprise.

Une deuxième attaque ?

Ce pourrait être un canular, ou une rumeur infondée. La brigade reçoit régulièrement des appels de farfelus, de gens trop seuls et de témoins d'apparitions de « monstres dévorants » depuis que l'affaire a été médiatisée. Fabrice est tenté d'ignorer l'appel mais le mystérieux messager dispose tout de même de son numéro professionnel personnel et la voix lui est familière, sans qu'il puisse l'identifier. Le Gas-de-Bruyère est une appellation locale. Contrairement à la plupart des autres mythomanes qui les contactent, c'est donc quelqu'un du coin. Une voix mature et posée. Il réécoute le message en fermant les yeux. Léger roulement des « r ». Accent solognot peu marqué, mais réel.

Oui, c'est sûr. Je le connais... Peut-être un conseiller municipal, puisque l'homme évoque une décision de la mairie ?

Fabrice essaie de passer mentalement en revue les principaux conseillers qu'il sait être en opposition avec l'équipe du maire, mais il ne parvient pas à associer un visage à cette voix. Il repousse son fauteuil pour lever les bras et croiser les deux mains derrière son crâne rasé de près à la tondeuse, le regard dans le vague. Il ne voit pas que la brune a levé le nez de son rapport pour l'observer à son tour. Elle connaît son supérieur et sait que cette posture est chez lui le signe d'une perplexité certaine. Voir douter le major Remangeon n'est pas si fréquent, et Geretz donnerait cher pour connaître la teneur du message qu'il vient d'écouter.

Au travers d'une affiche décolorée de la gendarmerie, c'est dans son passé que Fabrice a plongé, les yeux plissés, les traits concentrés.

Les sœurs Leleu…

Le gendarme ferme les yeux. Platanes et marronnier dans la cour de l'école primaire. Voix d'enfants et cartables sous le préau poussiéreux aux odeurs de béton. Nids d'hirondelles. Marie et Gisèle Leleu. Deux petites brunes aux yeux clairs, séparées seulement d'une douzaine de mois.

Issue d'un retour de couches rapide, Gisèle était affublée d'un retard mental. Cela ne portait pas à conséquence à l'époque : elle était scolarisée comme n'importe quel enfant, sans section ni programme spécialisé. Les gens se contentaient de dire qu'elle était « un peu niaude », et sa sœur aînée s'occupait d'elle un peu plus qu'à l'accoutumée. Le petit Remangeon avait le cœur qui battait pour Gisèle. Nettement plus jolie que sa sœur aînée, la finesse de porcelaine de ses traits et ses grands yeux bleus naïfs l'émouvaient et l'emplissaient d'un sentiment qu'on ne peut encore vraiment qualifier lorsqu'on a dix ans, mais qui était bien une forme puérile de l'amour. Un besoin et un désir d'être avec elle. Il lui avait pris la main une fois sur le chemin du retour, qu'il partageait sur un bon tiers avec les sœurs

Leleu, elles aussi des recluses de la forêt humide et profonde. Deux petites baies sauvages nourries à la terre sablonneuse, les dernières d'une fratrie de huit couvée par une mère illettrée et dure au mal au fond d'une ferme isolée encore plus coupée du monde que la ferme des Remangeon. Gisèle était heureuse, elle lui souriait en silence tandis que leurs mains ténues se balançaient en rythme. L'air était vif, une brise froide agitait les frondaisons dans la lumière déclinante de la fin avril. C'était avant Pâques.

La pureté absolue dans ce regard de fillette pour qui le monde et ses manifestations n'étaient qu'une suite ininterrompue d'émerveillements ou de questions.

Thierry Pacot, le fils du boucher, les avait vus. Toute l'école l'avait raillé pendant des jours d'être ainsi « amoureux d'une gogole ». Fabrice avait mis de la distance avec les sœurs Leleu et fait ensuite le chemin seul, le cœur gros, ignorant les regards de reproches muets mais dignes de la grande sœur. Gisèle, elle, avec son esprit simple dénué de toute notion de rancune, n'avait jamais cessé de lui sourire jusqu'à la fin de son CM2.

Ainsi, elles sont toujours là-bas, au Gas-de-Bruyère...

L'informateur a parlé d'« attaque ».

Le major se lève sous l'œil circonspect de sa subalterne et consulte sa montre. Après avoir éteint son ordinateur et rangé son bureau de façon assez sommaire, il informe Geretz qu'il sort et qu'il ne pense pas repasser par la brigade ce soir.

– Bipe de Freitas en cas de besoin.

La brune hoche la tête, ses yeux d'un gris délavé le fixant avec intensité sous sa mèche travaillée à la laque. Elle n'a pas le temps de poser la question qui lui brûle les lèvres. Remangeon est déjà dans le couloir et les gonds fatigués et grinçants de la porte précèdent l'écho de ses rangers sur la volée de marches de l'entrée. Quelques secondes plus tard, elle perçoit le ronflement du vieux side-car à moitié rouillé que le major s'est offert au printemps. Un engin militaire russe, d'après des bribes de conversation inintéressante captées à son sujet entre Remangeon et Freysse.

Rasoir n'y connaît rien en moto, mais il ne raterait jamais une occasion de fayoter un peu.

Geretz s'est levée et observe le major au travers d'une baie vitrée crasseuse l'espace de quelques secondes. Le Solognot file sur son petit tank le long de la longue ligne droite avec le mur du cimetière en guise de décor. Elle réalise qu'il ne porte même pas de casque, se contentant d'une paire de lunettes d'aviateur.

L'enfoiré. Il se fait pas chier.

La brune s'appesantit sur l'une de ces contradictions qu'elle ne comprendra jamais chez son supérieur : *Un psychorigide qui vit gendarmerie, qui respire gendarmerie, qui bouffe gendarmerie, qui rêve sans doute gendarmerie, qui va jusqu'à s'acheter une moto militaire, mais qui roule ensuite sans casque… En fait, Manu a raison : le Loup-garou est dingue. Il doit vraiment lui manquer une case.*

Le surnom du major évoqué mentalement lui arrache un petit sourire moqueur. Elle se demande s'il sait que la moitié du canton l'appelle ainsi.

Sans doute pas. Faudrait avoir le cran de le lui jeter à la face un de ces quatre.

Loup-garou. Loup-garou. Où es-tu donc parti si vite ?

Marie

L'endroit est encore plus isolé que ses souvenirs d'enfance ne le lui laissaient entendre. Il roule en première dans un chemin abîmé sous un couvert végétal si dense que les frondaisons se rejoignent au-dessus de sa tête à de multiples reprises, formant un tunnel où des raies obliques de soleil contrastent violemment avec les ombres profondes projetées par de vieux troncs moussus et des branches basses et tortueuses. Le pilote du side-car cligne des yeux plusieurs fois, cherchant du regard les grosses pierres ou les ornières traîtresses qui pourraient gêner sa progression. Sa machine proteste, le moteur en surrégime. Une chaleur sèche irradie des cylindres à plat et lui chauffe les tibias au travers du pantalon d'intervention. Fabrice doit se dresser à plusieurs occasions sur les repose-pieds pour manœuvrer dans des passages difficiles, jouant de la roue motrice du panier. Le pilote se demande quel genre de voiture les sœurs Leleu possèdent pour continuer à vivre ici.

Pilote et machine s'enfoncent non dans le cœur

de la forêt mais dans ses entrailles, son système digestif, les vibrations qui secouent toute la machine comme autant de mouvements péristaltiques. La forêt l'avale et le digère, et Remangeon sait que lorsqu'il va émerger de ce boyau sombre et gras aux odeurs d'eau stagnante il sera comme expulsé d'un sphincter sylvestre pour déboucher dans une clairière arrachée aux chênes, aux fougères et aux orties, face à une ferme basse et obscure, quasi borgne, un de ces endroits que d'aucuns qualifieraient de « trou du cul du monde » et dont sa région natale s'était fait une spécialité. Côté pile, les étangs miroitants des grandes propriétés des anciens ou nouveaux riches dessinées ou rénovées par des architectes et protégées par leurs hautes enceintes hérissées de caméra connectées en wi-fi ; côté face, les chemins creux oubliés menant aux fermes à demi en ruine des vieilles familles de « ventres jaunes » aux statures râblées, aux chevelures et aux petits yeux noirs.

Le chemin se meurt au Gas-de-Bruyère, indiqué par un panonceau oxydé. La piste finit en pointillé en s'ouvrant sur un delta terrestre, lande sablonneuse hérissée de massifs de genêts, de quelques bouquets de jeunes sapins et parsemée de vastes parterres de cette bruyère moutonneuse qui a donné son nom à la métairie. Après deux cents mètres de cette esplanade sauvage, Remangeon arrête son engin devant la ferme des Leleu, une longère du début du dix-neuvième siècle aux ouvertures étriquées cernées de briques et aux liteaux fatigués fléchissant sous le poids de la petite tuile du pays. Il était venu y jouer deux ou trois fois étant enfant, et il ne parvient pas à déceler de différence notable avec ses maigres souvenirs d'un âge où l'on ne s'intéresse ni à l'immobilier, ni à la décoration.

Un haut chien gris et velu à la carrure efflanquée s'approche de lui, plutôt débonnaire en apparence. Un Irish Wolfhound, un lévrier irlandais. *Un chien de chasseur. Un chien de loup.* Sans doute celui du mari de la plus âgée des sœurs.

– Tarot ! Couché ! Allez !

L'ordre est lancé par une femme sur le pas de la porte d'entrée. Elle s'essuie les mains avec un torchon de cuisine tandis que Fabrice ôte ses lunettes de motard et se dégage de sa monture avec une certaine raideur. Ils s'observent en silence quelques instants. Un coup d'œil au chien, immobilisé de façon passive à trois bons mètres, convainc le visiteur de rejoindre la femme. Plutôt petite, les cheveux noirs rehaussés de mèches grises naturelles et tirés en arrière, les yeux cernés par ce qui ressemble à du khôl, elle porte un chemisier à fleurs aux couleurs vives, aux manches retroussées sous un tablier de chanvre au liseré bleu et taché au niveau de l'abdomen, là où elle s'est essuyé les mains. Le gendarme ne l'aurait sans doute pas reconnue dans la rue, *C'est si loin désormais, et nous n'étions que des enfants*. Là, sur le pas de la porte, il sait pourtant que c'est bien elle.

– Marie Leleu ?

– Le fils Remangeon.

Son ton affirmatif ne laisse qu'une place réduite

à la surprise. Elle indique son couloir d'entrée d'un signe de tête ponctué d'un « Rentre donc » qui n'attend pas de réponse. Fabrice gravit la volée de marches aux pierres creusées pour la suivre chez elle. La cuisine est tout de suite sur sa droite et une fois assis autour d'une petite table ronde à l'invitation de son hôtesse, il regarde celle-ci allumer le gaz sous une cafetière en acier inoxydable qu'elle a remplie de trois cuillerées de café.

– J'en connais une qui va être contente de te voir.

Ça me changera un peu, en ce moment.

– Tu crois qu'elle va me reconnaître ?

– On t'a vu en photo dans le journal l'an dernier. Pour ton arrivée à la brigade.

Il hoche la tête en silence. Après avoir vérifié le contenu d'un récipient qui mijote sur l'un des feux, Marie Leleu se tourne dans sa direction, l'invitant d'un regard sans impatience à lui faire part de la raison de sa venue. Après un bref coup d'œil à la pièce et à son mobilier, où le gendarme ne remarque rien qui puisse sortir de l'ordinaire, il l'informe :

– Je suis venu pour l'attaque de loups.

– Oui. C'est ce que je me disais.

C'est donc vrai.

– C'est toi qui as été attaquée ?

– Gisèle et moi. Nous étions au jardin.

– C'était quand ?

Marie jette un œil à la cafetière.

– Avant-hier. En début de soirée.

– Vous avez été blessées ou mordues ?

La femme secoue la tête avec vigueur.

– Non. Mais heureusement que j'avais une bêche. Et que Tarot est venu à la rescousse. Je crois qu'il ne serait pas parti, sinon.

– Il n'y avait qu'un seul loup ?

Marie acquiesce, avant de vérifier à nouveau l'avancement de son café. Dans son dos, les yeux du militaire se plissent en deux fentes concentrées.

Les pièges photographiques et les chasseurs de Rougemont ont identifié trois animaux, pourtant les deux attaques ne concernent qu'un seul individu.

– J'aimerais voir l'endroit. C'est possible ?

– Oui. Bien sûr.

Son hôtesse sort deux tasses d'un placard mural pour les disposer sur la table. Fabrice remarque un tatouage amateur sur le dos d'une de ses mains, un motif dont il ne connaît pas la signification. Marie Leleu gagne ensuite le couloir pour appeler sa sœur cadette :

– Gisèle… Gisèle !

Une voix féminine indistincte, dans une pièce plus loin.

– Viens, Gigi. Viens voir qui est venu nous rendre visite.

Marie se retourne sur Remangeon, un sourire triste et énigmatique accroché aux coins de sa bouche aux lèvres fines que les rides n'ont pas épargnées. Fabrice lance un regard sombre et curieux en direction du couloir où les bruits de pas de la dernière des Leleu résonnent à peine.

Nocturnale

– Elle aime qu'on lui brosse les cheveux.

Remangeon étudie l'ustensile de coiffure qui lui encombre les mains. Une brosse ovale à la monture en bois et garnie de soies naturelles. Il n'en est pas certain, mais cela ressemble aux brosses à cheveux destinées aux nourrissons ou aux petits enfants. Fabrice lève les yeux sur Gisèle. Elle lui sourit avec une candeur déstabilisante dans la lumière des dizaines de lampions suspendus au tronc et aux branches du noyer qui surplombe la longue table d'extérieur que les sœurs sortent chaque été dans leur cour à l'arrière de la longère. Sous ce noyer luminescent, avec les multiples bougeoirs hétéroclites disposés de façon aléatoire sur la table rustique aux gros nœuds tortueux, dans l'odeur des infusions aux épices préparées par Marie, l'ambiance du lieu relève d'un mélange étrange de féerie sylvestre et de fantasme rural de décoratrice bohème de presse féminine. *Les sœurs Leleu, le lumpenprolétariat de la Sologne, version* Cosmopolitan*... Qui l'eût cru ?*

Assise devant lui, Gisèle évoque pour Remangeon une espèce de fée. *Un elfe de la littérature fantastique.*

Ce qui l'a frappé en premier lieu lorsqu'elle s'est présentée dans l'encadrement de la porte de la cuisine, c'est la différence physique désormais constituée avec sa sœur aînée. Si Marie assume et affiche son âge sans artifices autre qu'un maquillage classique, une tentative d'embellissement mais pas de dissimulation, Gisèle semble être restée prisonnière de ses trente-cinq ans, ses traits délicats et si peu adultes comme figés par un sortilège, ses grands yeux de poupée de bande dessinée japonaise aux coins à peine marqués de ridules.

Difficiles de voir en elles des sœurs séparées de quelques mois à présent.

Gisèle l'interpelle :

– Allez. Fabrice.

Le militaire lui sourit et s'exécute. Il n'a pas souvenir d'avoir jamais brossé les cheveux d'Élise ou de Delphine et il se montre assez maladroit, selon lui, mais Gisèle ne se plaint pas et ferme les yeux pour ronronner comme un petit chat.

Il profite de la dimension mécanique de cette activité pour rassembler ses pensées au sujet de la visite du lieu de l'attaque des sœurs par le loup : *Une attaque en fin de journée. Un jardin botanique situé à une petite centaine de mètres en retrait du bâtiment, en limite de la lande et à proximité d'un épais taillis d'où il a surgi. Un animal solitaire décrit comme très gros et très agressif. Une apparence classique de loup. Il semblait vouloir se jeter sur Gisèle, qui était momentanément figée par la peur. Le lévrier irlandais craignait visiblement l'intrus, qui n'a pas hésité à l'attaquer à deux reprises. Gisèle a dû frapper le loup à l'aide de sa bêche pour que celui-ci rebrousse finalement chemin à contrecœur.*

Le gendarme a cherché des empreintes, mais le pied n'a pas marqué dans cette lande sablonneuse. Il n'a trouvé qu'une trace partielle en sortie du taillis. L'animal a glissé dans une ornière et l'empreinte n'est pas exploitable. Fabrice tourne la tête en direction de Marie, tandis qu'il continue de brosser avec précaution les longs cheveux de sa sœur. Cette deuxième attaque devrait conforter les conclusions de la BR et la nécessité des battues administratives, mais lorsqu'il lui a demandé s'il était possible que ce loup soit « dirigé », ou si les sœurs se connaissaient des ennemis, Marie n'a pas semblé surprise et a marqué un temps d'arrêt, baissant les yeux au milieu de ses plantes aromatiques ou médicinales. *Une brève hésitation, voire une légère gêne.*

Elle avait fini par secouer la tête en guise de dénégation.

Se pourrait-il qu'un individu ait dressé un chien-loup à l'attaque et profite de l'arrivée d'une bande de loups sauvages dans la région pour régler quelques comptes ?

Il décide de chasser ces considérations de son esprit et repose la brosse sur le bord de la table. Gisèle ouvre les yeux pour se tourner vers lui et lui lancer un sourire plein de gratitude. Elle s'empare ensuite de la brosse d'un geste rapide, avant de se lever et de gagner la maison.

– Elle est partie la ranger mais elle va revenir. Tu vas avoir du mal à t'en défaire, maintenant.

Fabrice affiche une moue indifférente et lève les yeux au ciel. Par-delà la luminescence artificielle du noyer, il distingue le miroitement de dizaines d'étoiles. Nuit profonde et sans lune. Il porte sa tasse à ses lèvres pour avaler une gorgée de l'infusion aux épices, avant de couver le récipient encore chaud entre ses mains en coupe. Il réalise que cela fait longtemps qu'il ne s'est pas senti aussi bien, aussi détendu, aussi peu pressé de faire quoi que ce soit d'autre que son occupation actuelle, aussi conscient de l'instant présent. Face à son mutisme, Marie le fixe non sans une certaine intensité.

– Tu n'es pas rentré chez toi depuis ce matin.

Remangeon est surpris par l'affirmation, sans être décontenancé.

– Non, c'est vrai.

Marie pose sa tasse vide devant elle. Il y a une forme d'impudeur dans la façon dont elle l'observe désormais mais, de manière assez étrange, cette sensation d'être jaugé ne le dérange pas.

– Tu sais, Remangeon, il y a deux erreurs à ne pas commettre : épouser une amie pour lui faire plaisir et tomber amoureux de sa maîtresse. Les deux sont vraiment... bêtes.

Le visage du militaire se fige. L'espace d'un bref instant, quelques battements de cœur lourds et douloureux dans sa poitrine, il est persuadé que la colère va le gagner et l'envahir, mais la remarque de Marie est si juste qu'il ne peut que lâcher un éclat de rire jaune. Il ravale ensuite son sourire lorsqu'il réalise que la nouvelle de sa relation adultère est connue jusqu'au Gas-de-Bruyère. C'est comme si Marie venait de le gifler. Une lucidité subite et lourde d'angoisse lui cingle le visage.

Mais qu'est-ce que tu croyais, bordel ?

Il essaie de chasser Delphine de son esprit.

Pourquoi lui fais-tu autant de mal ?

Remangeon avale d'un trait le contenu restant de sa tasse.

– Je ferais peut-être mieux d'y aller.

Elle réplique rapidement :

– J'ai pas dit ça méchamment. Et c'est pas non plus pour te chasser. Au contraire.

Fabrice et Marie échangent un long regard par-dessus la table en chêne. Lui, mal à l'aise de réaliser que cette femme qu'il aurait été tenté de prendre pour une fermière un peu simple, une Leleu, se révèle finalement être très manipulatrice ; elle, étudiant ses réactions avec une nonchalance feinte et jouant un jeu dont elle sait qu'il pourrait effaroucher cet homme désirable mais connu pour sa sauvagerie et son manque de finesse.

Gisèle les rejoint et vient se placer devant le militaire. De Marie et Fabrice, aucun des deux ne semble vouloir briser le silence qui est tombé autour de la table.

– Genoux, Fabrice ?

Il lève les yeux sur la sœur cadette, sans comprendre sa demande.

– Elle veut s'asseoir sur tes genoux.

L'homme hésite face à l'incongruité de la situation. Marie lui souffle en se penchant sur la table :

– Elle a quatre ans dans sa tête, mais pas dans sa culotte. Et tu dois savoir que les personnes comme elles sont plutôt portées sur la chose... Donc, oui, t'as raison de te méfier.

Marie Leleu ponctue son intervention d'un petit rire moqueur. Fabrice est totalement perdu, à présent.

À quoi elle joue ?

Louves

Fabrice ne saurait dire ce qui a déclenché ce brusque désir ressenti pour Marie Leleu. Sans être ingrat, le physique de cette femme reste commun, et le militaire a toujours préféré les blondes élancées aux brunettes de petite taille. Sans parler de son style, mélange improbable de fermière bohème et de maîtresse d'école vieillissante issue d'une génération en quête de libération, désormais surtout engagée sur la voie de la disparition.

Peut-être ce regard froid et inquisiteur cerné de khôl. Vaguement sorcière.

Ils ont attendu que Gisèle s'endorme sans se le dire, liés par un pacte tacite où chacun avait lu l'acceptation dans le regard insistant de l'autre. Une fois vite déshabillés autour du canapé du salon, Fabrice a plongé entre les cuisses musclées de son hôtesse, appréciant autant les odeurs de savon naturel de sa peau hérissée de chair de poule que le musc puissant de sa vulve, avant de la prendre en levrette sur le canapé. Marie l'a encouragé par de profonds mouvements du bassin mais son amant s'est subitement arrêté lorsqu'il a ressenti plus qu'il n'a décelé la présence de Gisèle dans l'obscurité de la pièce animée par leurs lourdes respirations.

Remangeon se penche à l'oreille de Marie, le souffle court :

– C'est Gisèle. Je crois qu'elle nous observe.

Elle lui offre son profil marqué d'impatience.

– Oui, et alors ? Elle sait ce que c'est. Elle n'est plus vierge depuis longtemps, si c'est ça qui t'inquiète.

L'homme cherche les contours de l'intruse dans la pénombre. Il imagine son visage trop juvénile et son regard candide fixé sur eux, sur leur corps dénudés, et ressent un profond malaise né d'une notion de décalage. Une forme d'hérésie. Il sent son érection faiblir. Marie aussi, et elle donne un bref coup de reins comme pour le rappeler à l'ordre, jument contrariée dans l'enclos de ses bras puissants. Tournant la tête autant qu'elle peut, elle lui siffle en ironisant :

– Si tu débandes, je t'arrache les yeux.

– C'est… déstabilisant quand même…

Marie se détourne du gendarme qui la couvre pour pointer son regard dans la pièce, comme si elle savait exactement où se trouve sa sœur, au centimètre près. Elle essaie de le rassurer :

– Ce n'est pas vraiment du voyeurisme. Elle surveille.

Fabrice s'est redressé, les mains sur les hanches étroites de son hôtesse. Le sang continue de refluer de son membre.

– Elle surveille quoi ?

Sa maîtresse baisse la tête et ferme les yeux. Il ne sait si c'est de la lassitude ou une forme polie de désintérêt.

– Que tu ne me fais pas de mal.

– Tu m'as dit qu'elle savait ce que nous faisions…

– Oui, mais elle se base sur son expérience… Avec elle, les hommes finissent toujours par vouloir lui faire du mal… Après l'avoir fait.

Fabrice reste immobile quelques secondes. Les implications des paroles de sa partenaire le troublent et il tente de chasser de son esprit les visions qui s'imposent à lui, images quasi blasphématoires d'une Gisèle dénudée, baisée, puis finalement malmenée ou battue. Le tout sans se départir de ce sourire enfantin qui ne finirait peut-être par s'effacer que sous la violence de coups injustes et vicieux que cette femme enfant ne comprend pas.

Fabrice réalise avec dégoût que son érection s'est revigorée. Il est tenté de s'arracher de l'écrin chaud et humide du corps féminin pour se rhabiller à la hâte et s'enfuir. Il n'en a pas la force mentale et son désir désormais décuplé le pousse même à reprendre son mouvement régulier et puissant contre le postérieur offert de l'aînée des Leleu. Après quelques allers-retours vigoureux qui l'emplissent à nouveau de façon satisfaisante, Marie se retourne pour lui lancer une œillade aussi lubrique que moqueuse :

– Vous êtes bien tous les mêmes.

Un air connu entendu à la radio récemment lui vient en tête. *Vous, les hommes, êtes tous les mêmes. Bandes de mauviettes infidèles.* La mâchoire carrée du gendarme se crispe. Les muscles de ses épaules se nouent. Un filet de sueur âcre dévale les câbles tendus des ligaments de son cou. Il va la punir physiquement à présent, la malmener comme un soudard débarqué de trois mois de haute mer, tout en comprenant que c'est exactement ce qu'elle cherche et qu'elle l'a manœuvré dans ce but depuis le début de leur rencontre, *n'hésitant pas à utiliser sa sœur pour cela.* Remangeon se penche à nouveau à son oreille, lui murmure qu'elle n'est qu'une garce, avant de lever une main pour venir enserrer son cou. Il pourrait y exercer assez facilement une force qui marquerait sa peau de ses doigts épais. Elle lâche dans un souffle tiède :

– Fais-moi jouir, Remangeon, et après tu auras Gisèle.

Une décharge brute et glacée d'adrénaline le traverse des pieds à la tête. Il lève la tête dans la pénombre, cherchant la sœur d'un regard teint d'une certaine folie hallucinée. L'espace d'un instant, ses globes oculaires captent un rayon de lumière ténu qui les fait briller. Ce ne sont plus des yeux humains, mais ceux d'une bête, d'un grand loup dévorant, un mâle alpha en rut couvrant sa louve soumise sous le regard excité et attentiste d'une deuxième femelle de sa meute attendant son tour la faim au ventre.

Métamorphoses

Marie Leleu s'est penchée par la fenêtre de sa cuisine pour suivre du regard le gendarme qui s'éloigne en direction des bois. Elle a constaté son agitation ce matin à son réveil, ainsi qu'au cours du petit déjeuner pris à l'extérieur sous le noyer, en même temps que leur invité d'une nuit se murait dans un mutisme paradoxal. Il s'était endormi sur Gisèle dans le canapé la nuit passée et Marie avait regagné sa chambre à coucher, s'attendant à ne plus le trouver au matin, sans doute rentré chez lui à la hâte après s'être habillé à tâtons au cœur de cette longue nuit de nouvelle lune. *Pourtant, il était toujours là ce matin.*

Lové contre sa sœur, un bras protecteur passé autour de ses épaules menues, Remangeon dormait encore lorsque Marie avait traversé le salon pour aller se préparer un café. Gisèle était éveillée et se contentait de sourire, profitant de la tiédeur et de la masse de ce corps masculin, de ce contact humain inhabituel pour elle.

Une fois debout, le gendarme s'est montré encore plus taciturne qu'à son habitude, allant même jusqu'à demander à l'aînée des sœurs Leleu « ce qu'il y avait dans l'infusion » prise la veille au soir, dans une question lourde de sous-entendus.

Il n'assume pas, mais ce n'est pas une raison pour devenir insultant…

Marie finit de ranger la vaisselle du matin dans sa cuisine silencieuse gagnée par la fraîcheur de ce matin au ciel couvert. Dans sa chambre, Gisèle brosse avec sérieux et application la chevelure synthétique de sa poupée fétiche. Fabrice, lui, s'enfonce sous les frondaisons à une centaine de mètres de la bâtisse qui semble encore assoupie au milieu de sa lande aux mille bruyères. Le militaire n'a pas de destination précise en tête. Il souhaite juste s'isoler, s'éloigner de ces sœurs et de ce qu'elles représentent désormais. Sa conscience le taraude depuis son réveil et ne cesse de l'interpeller dans une boucle morbide.

Qu'est-ce que tu fous ? Qu'est-ce qui t'a pris ?

Arrivé près d'un chêne courtaud au tronc torturé, la froide réalité de ses agissements le douche d'une vague glacée de lucidité presque paralysante. Sa respiration devient difficile. Fabrice tend les bras pour s'appuyer contre l'arbre, la tête baissée, tel un coureur de fond épuisé. Il ferme les yeux, autant pour se soustraire à la réalité de ce matin effarant que pour conjurer une souffrance pas vraiment réelle, celle d'un mal invisible et indéfini qui enserrerait sa poitrine d'un étau se fermant cran par cran, implacable.

Après des mois de relation adultère, j'ai trompé Delphine avec deux nouvelles femmes.

J'ai abandonné le domicile conjugal pour découcher une nuit entière.

Elle ne croira jamais que je n'étais pas chez Vanessa.

Pourquoi lui infliger tout ça ?

Il rouvre les yeux. Un mille-pattes évolue dans les anfractuosités marquées de l'écorce et Remangeon observe quelques instants les ondulations géométriques des segments de son corps orangé et la synchronisation fascinante des mouvements de ses pattes. Il réalise à quel point cette forme de vie insectoïde est singulière et surtout détachée de toute forme de similitude avec l'expérience humaine.

Ce mille-pattes pourrait tout aussi bien évoluer dans une autre dimension que la nôtre.

Subitement très las, rattrapé par la fatigue de cette nuit incomplète, mal à l'aise dans ses vêtements fripés et ses sous-vêtements de la veille, le gendarme se laisse aller au sol pour s'asseoir contre le tronc, les jambes écartées, les semelles crantées de ses rangers accrochant quelques feuilles mortes.

J'ai couché avec une handicapée.

L'aveu mental le sonne. Il pâlit, boxeur usé affalé contre le coin du ring au onzième round et qui se demande s'il est en mesure de se relever avant le décompte qui va le mettre hors de combat. Le militaire ne sait s'il s'est rendu coupable d'un forfait blasphématoire innommable ou d'un simple acte naturel relevant d'une humanité assumée.

Je ne vaux pas mieux que Morlaix, au bout du compte...

Il tente de chasser de son esprit les réminiscences de la nuit écoulée, les images du corps partiellement dénudé de la femme-restée-enfant. Il comprend qu'il traverse une forme de crise d'angoisse, en dépit de la honte qu'il associe au mot lui-même.

La respiration, travaille sur ta respiration.

Autour de lui, la forêt frémit. Les branches s'agitent et les fougères ondulent sous l'effet d'une brise froide et désagréable à l'odeur de vieille cave, de terre humide et moisie. Un souffle d'outre-tombe venu du cœur des bois, dont la dimension primordiale et primitive traverse les âges. Il frissonne dans son polo de la gendarmerie, et la peau de ses bras se hérisse de chair de poule. Son rythme cardiaque s'est ralenti, et Remangeon cligne des yeux à plusieurs reprises. Ses paupières se ferment et s'ouvrent de façon non synchronisée pour un temps, qui lui échappe désormais. Autour de lui, la lumière se fait changeante sous l'effet de brusques variations de luminosité dans la canopée. Le temps s'est distordu, s'étirant ou s'accélérant selon un schéma illogique.

Un scolopendre identique à celui aperçu sur le tronc du chêne grimpe le long de la tige de sa ranger droite, vite suivi par un autre, puis un troisième, puis des dizaines d'autres. Ses bottes et son pantalon sont recouverts par l'armada grouillante de chilopodes, bientôt rejoints par des cloportes qui surgissent de l'herbe croissante à vue d'œil par colonnes entières, divisions blindées d'insectes en route vers un front matérialisé par son ceinturon. Un vrombissement de basses résonne autour de sa tête et de son visage aux paupières lourdes. Il voudrait lever un bras pour chasser l'intrus qu'il perçoit dans son champ de vision mais ses membres ne répondent pas à sa volonté, devenue elle aussi apathique. Le lucane cerf-volant se pose après quelques circonvolutions sur son pantalon, au centre d'une aire vite dégagée par les mille-pattes et les cloportes. D'une taille peu ordinaire, *au moins équivalente au pied du loup*, pense Fabrice, il est rejoint par un second coléoptère tout aussi massif au centre de l'arène improvisée. Après avoir levé haut leurs paires de mandibules disproportionnées en se jaugeant, les *cornards* aux reflets violines se jettent l'un sur l'autre. Il n'y a pas de vainqueur à ce duel, car bientôt une double marée de scolopendres et de cloportes les recouvre et les engloutit, avant de se disperser en l'espace de quelques instants, laissant les membres inférieurs du gendarme envahis d'herbe folle, de mousse et de lichens. L'homme ferme les yeux.

Remangeon se voit désormais, assis au sol contre le chêne noueux, gagné par cette végétation parasite. Des champignons visqueux aux teintes cadavériques ont éclos sur les extrémités et les semelles de ses rangers, avant de se multiplier le long de ses chevilles, augmentant en nombre mais décroissant en taille jusqu'à ses genoux, où la masse fongique se mêle et fusionne en un cataplasme qui s'incruste dans les fibres de son pantalon de service.

Le regard désincarné se détourne de son corps immobile en voie de végétalisation. Après de brèves fulgurances au travers de la forêt, comme autant de traversées ou de percées dans l'espace et le temps, la vision se pose sur un groupe de trois loups. Les animaux sont couchés dans l'ombre d'un taillis, et les respirations lentes résonnent dans l'espace restreint empli de leurs odeurs fauves et prégnantes. Une quatrième respiration se fait soudain entendre, et les trois loups tournent la tête d'un seul ensemble, subitement figés, braquant leurs regards jaunes sur l'origine de cette nouvelle présence. La respiration extérieure au trio enfle jusqu'à devenir un grondement qui occupe tout l'espace sonore de la vision et du regard posé sur les loups. L'un des loups, le plus petit, émet un couinement plaintif en se tassant sur lui-même.

C'est lui. Le grand loup dévorant.

Ruptures

L'odeur prenante et caractéristique du mélange de chair fraîche de volaille et de duvet grillé s'est répandue dans la cuisine de la ferme Alapetite. Mère et fille se sont réunies pour tuer les poulets de saison, vieille tradition familiale immuable, aussi loin que Delphine s'en souvienne. Elles ont changé toutes les deux au fil des décennies, chacune s'arrondissant de façon irrémédiable, tandis que le temps a gravé leurs visages et grisé leurs chevelures sous les teintures, mais les gestes restent les mêmes. Elles ont d'abord plumé les poulets côte à côte, assises dans la cour à proximité de la bassine d'eau portée auparavant à ébullition, chacune écartant ses bottes en caoutchouc autour d'une poubelle en plastique tout en discutant à un rythme soutenu, les mains rougies par l'eau chaude et collantes de plumes et de petites projections sanglantes poisseuses. La mère avec sa robe à fleurs un poil courte et son tablier, la fille en pantalon de jean avec une chemise country à carreaux blancs et roses au col ouvragé, surmontée d'un vieux gilet matelassé sans manches qui fut autrefois bleu marine et qui a pris une coloration indistincte et multiple au gré des travaux divers effectués par l'éleveuse de faisans. Le sujet principal des discussions du jour était Fabrice.

Delphine vide maintenant les volailles sur le papier journal étalé sur la table, produisant des petits tas d'entrailles chaudes et gluantes qui iront nourrir les chiens. Sa mère fait rôtir les corps blanchâtres et dodus à même les flammes de sa vieille gazinière, ses petits yeux enfoncés dans son visage replet, observant le crépitement du duvet et des plumes résiduelles avec un certain plaisir enfantin. Lorsqu'elle se retourne pour tendre son poulet, elle surprend un geste rapide de sa fille qui essuie avec maladresse une ou deux larmes d'un revers de son avant-bras dénudé, une lame sanglante dépassant de son poing.

– C'était trop beau dès le départ.

La sentence maternelle est si définitive que Delphine ne se sent pas le cœur ou le courage d'y répondre.

C'est vrai que tout est allé si vite. Nos retrouvailles après toutes ces années. Le mariage. Elle n'aurait jamais cru que Fabrice accepterait un remariage. *C'était tellement inespéré !*

L'éleveuse réalise à présent avec amertume la dimension illusoire de sa joie d'alors.

Mon mariage s'est effondré aussi vite que nous l'avons organisé.

Sa mère aligne le poulet avec d'autres carcasses sur la table, avant de pointer un doigt à l'arthrite accusateur ou autoritaire en direction de sa fille.

– En tout cas, il ne faut pas laisser découcher son homme comme ça, sans rien faire, un an après sa noce !

La pensée renouvelée de Fabrice partageant la couche de cette Manouche une nuit entière, son réveil à ses côtés, brûle Delphine d'une rage impuissante et désespérée. Elle aimerait tant lui crever les yeux, *à cette salope*, la poignarder de cette lame pointue et usée à force d'affûtages qui dépasse de son poing fermé et sanglant.

– Que veux-tu que je fasse ? Je suis lasse des disputes ou des faux-semblants. Et nous avons passé l'âge de casser de la vaisselle.

Sa mère l'observe quelques instants, autant surprise que peu satisfaite de la réponse et de l'attitude de sa fille.

– Trouve-toi un amant, pardi ! Et arrange-toi pour qu'ça s'sache. Remangeon, c'est le genre de bonhomme qui faut rendre jaloux.

Delphine évalue la proposition maternelle, pour la classer très rapidement dans la catégorie mentale des fausses bonnes idées. Elle ne voit pas ce qu'il pourrait advenir d'autre qu'un drame si elle venait à provoquer ouvertement un homme dont elle mesure depuis un an et demi la nature profondément ambivalente, oscillant entre un désintéressement ou un dévouement désuet et une violence cruelle, brute, quasi sauvage. Fabrice a toujours été un faux calme, aussi loin que l'éleveuse se souvienne, mais cette ambivalence s'est renforcée avec l'âge au lieu de s'atténuer. *Et sans doute aussi avec la découverte, l'an passé, qu'Élise le trompait avant qu'elle ne l'abandonne et qu'elle ne meure dans cet accident de chasse.*

L'homme mûr qu'elle a retrouvé après tant d'années est peut-être finalement bien plus instable que le jeune homme avec qui elle avait initié sa vie de femme, devenue si spartiate par la suite.

– Tu ne le connais pas… Il deviendrait enragé.

Lucienne Alapetite adresse un regard concerné à sa fille unique.

– Il oserait pas te battre, quand même ?

– Non. Enfin… je ne pense pas.

– Y s'rait mal placé pour se plaindre ou se montrer violent. En tant que gendarme et avec c'qu'y fait avec sa catin de comédienne…

Delphine baisse les yeux sur ses mains rougies et abîmées à l'évocation de Vanessa Molhiardt-Vailly.

Pourquoi, Fabrice ? Pourquoi m'humilier ainsi avec cette demi-mondaine dans son garage ?

Delphine avait cru que si son homme devait la tromper, ce serait avec une femme éduquée et d'une classe sociale supérieure à la sienne, une bourgeoise ou une intellectuelle, une prof de lycée, une avocate ou une procureur, une femme officier à la Légion…

Une femme mieux que moi.

Lucienne a observé le profond désarroi de sa fille depuis un certain temps, mais la vieille paysanne endurcie mesure peut-être pour la première fois à cet instant, au visage ravagé qu'elle affiche, jusqu'à quel point Delphine est peu armée pour traiter avec les hommes et leurs fourberies habituelles. Elle fait trois pas jusqu'à sa fille.

– Tu l'aimes, ton gendarme, hein ?

Delphine se contente de hocher la tête, résignée au constat de sa propre faiblesse. Après de longues secondes où mère et fille pensent que la discussion est close, l'éleveuse se tourne avec vivacité, un voile de colère tiré à présent sur son regard humide.

– Je suis si déçue, maman… Je le pensais différent des autres. Je le croyais incapable d'autant de… de médiocrité !

Lucienne donne un petit coup de menton ironique.

– C'est ben ça, le malheur. Mais en vérité, avec les hommes, y en a pas un pour rattraper l'autre. Et pis ton gendarme, c't'un militaire. Et ça, les soldats, ça a toujours aimé les filles à soldats, quoi qu'y z'en disent.

La flamme colérique danse au fond des iris de Delphine tandis que la femme bafouée réalise que sa mère a décelé chez Fabrice une dimension qu'elle commence tout juste à entrevoir et à laquelle elle s'est montrée aveugle jusqu'ici, de façon sans doute naïve et coupable.

Un attrait refoulé pour la dégénérescence ou la souillure. Une volonté de détruire par le sordide. Une propension à voir le mal et à tout salir, en contradiction avec ses aspirations d'ordre quasi chevaleresques.

Une possibilité effrayante éclot alors à la surface de l'esprit tourmenté de Delphine.

Et si c'était pour cela qu'il est finalement revenu vers moi ? Parce qu'il n'aurait revu en moi qu'une paysanne un peu bête et bien trop naïve, jouet idéal pour son narcissisme pervers et sadique ?

Ouvertures

– La prescience ?

Fabrice effectue un bref mouvement limité de la tête pour marquer son approbation sans quitter son interlocuteur du regard. Face à lui, le jeune barbu en fauteuil roulant semble s'amuser de cette question inattendue. Avec sa chemise à carreaux aux manches retroussées sur des bras musculeux et sa pilosité faciale abondante sous une longue chevelure ondulée d'un brun clair, le chercheur propose une image surannée d'universitaire des années soixante-dix, en contradiction avec ce que le gendarme s'était imaginé. Après un coup d'œil à la surface lisse de l'étang qui occupe l'arrière de sa propriété, Gaëtan Huchet demande :

– Il faudrait déjà définir ce que l'on entend par « prescience ». Faculté de divination ? Pressentiment ? Intuition ?

Remangeon réfléchit quelques instants. Sa dernière expérience en forêt chez les sœurs Leleu ne cesse de le hanter depuis plusieurs jours. Jusqu'ici, le militaire s'est montré assez peu enclin à formaliser ou analyser les états de conscience modifiée qu'il lui arrive de traverser, allant même jusqu'à se réfugier dans une forme de déni à ce sujet. Cette fois, le Solognot se dit qu'un cap a été franchi. *Un cap potentiellement dangereux.* En saisissant le guidon de sa machine au moment de saluer Marie et Gisèle d'un air absent, Fabrice avait pris conscience que la forêt venait de tenter de lui dérober quelque chose. *De lui arracher une part de lui-même.* Il n'était plus question de source réjuvénatrice, d'énergie positive, de retraite sereine, de lieu de calme et de réflexion, de retour à la nature. Une forme d'hostilité assumée s'était manifestée à son encontre. La vieille forêt s'était dévoilée pour quelques instants dans son essence la plus primitive et la plus authentique, celle où il n'est plus question de romantisme sylvestre mais où s'affrontent d'antiques puissances telluriques par-delà le Bien et le Mal, une lutte à mort physique et métaphysique où forces et faiblesses définissent votre place et votre rôle dans la chaîne cosmique.

Remangeon reste convaincu de la dimension prémonitoire de cette dernière expérience malgré ses difficultés à l'interpréter de façon cohérente. *Ces insectes. Ce combat de lucanes. Cette végétation envahissante. La dimension fongique.* C'est peut-être cet obstacle à sa compréhension de l'événement qui l'a poussé à se confier à cet inconnu excentrique avec une aisance qui le surprend lui-même.

– Je dirais plutôt un état de conscience surnaturelle.

Le trentenaire au regard pétillant sous ses boucles brunes marque un temps d'arrêt. Brève suspension de sa jovialité.

– Dois-tu te concentrer, ou te préparer d'une façon ou d'une autre, pour convoquer cette « prescience » ?

– Non... Cela vient même sans prévenir.

– Alors pourquoi parler de « surnaturel » au sujet d'une chose se produisant de façon naturelle ?

Fabrice plisse des yeux en fixant le chercheur renégat. Il n'est pas venu pour jouer sur les mots ou faire de l'esprit.

– C'est ainsi qu'on appelle ce genre de phénomène qui n'est pas expliqué par la science, non ?

Face à lui, Gaëtan Huchet affiche un bref sourire.

– Si tout ce qui n'est pas expliqué par la science actuelle est surnaturel, alors nous nageons dans un océan de surnaturel. Les états de conscience modifiés sont connus et documentés depuis des milliers d'années, sur tous les continents et dans toutes les cultures. Les ethnologues ont pondu avec une belle régularité des dizaines de milliers de pages sur les transes chamaniques et leurs variantes depuis au moins deux siècles. La problématique n'est pas dans la réponse, mais dans la question.

– Comment ça ?

– Il est des questions qui n'ont aucun sens, Remangeon. Il n'y a pas lieu de se poser la question du pourquoi de l'existence de choses qui sont. Ce sont les esprits inaboutis, comme ceux des petits enfants, qui ne cessent de demander le pourquoi des choses.

Fabrice encaisse en silence, le regard sombre. Il se sent vaguement honteux de la faiblesse temporaire qui l'a mené à s'ouvrir sur ce sujet. *Personne ne pourra m'aider sur ce point.* Gaëtan le coupe pourtant dans son début de ressentiment en énonçant d'une voix calme :

– J'imagine que c'est perturbant, mais ce que je veux dire, c'est que si tu dois y consacrer du temps, ne le perd pas avec des questions comme « pourquoi ça se produit ? » ou « est-ce que ça existe vraiment ? ». Cela existe puisque tu le vis. Et si ça existe, son existence n'est liée à aucune forme de justification ou de but, c'est une manifestation du monde et de la matière, qui comme chacun sait est immanente tout en étant en perpétuel changement. Pose-toi plutôt la question de savoir si tu prends en compte ou non cette « prescience », et qu'est-ce que tu vas en faire si tu choisis de ne pas l'ignorer. Tu auras gagné ta journée.

Remangeon est décontenancé par le ton détaché et le mélange saugrenu de pragmatisme et de jus de crâne savamment mixés dans le conseil de Gaëtan Huchet, qui ne tarde pas à montrer son intention de changer de sujet :

– Mais je croyais que tu étais venu pour mes travaux sur les loups ?

Ses travaux ?

– Oui. On m'a dit que tu en connaissais un rayon question loups. Ce n'est pas tant l'animal en lui-même qui m'intéresse, mais surtout les enjeux de sa réintroduction.

Le regard du trentenaire s'allume à nouveau.

– Bonne pioche, Remangeon. Tes indics ne sont pas des branques ! Figure-toi que je travaille actuellement sur une publication prévue pour l'été prochain, un essai sur le retour du loup dans nos campagnes et ses impacts – réels ou fantasmés – étudiés sous les angles aussi bien sociologique, culturel, historique, économique qu'environnemental… Le titre de ce travail sera « L'Heure des loups ».

– Ce n'est pas plutôt la préhistoire, ta spécialité ?

Huchet affiche un sourire ironique.

– Ah. Oui. La spécialisation. Le Mal français. Oui, j'ai fait partie de l'UMR 7207, camarade. Centre de recherches en paléontologie de Paris.

D'où tu t'es fait virer.

– Mais est-ce que ça m'interdit de m'intéresser aux loups ? Nos chers *Canis lupus* sont présents sur Terre depuis cent mille ans. En tant que paléontologue, je suis qualifié pour en parler, non ?

Remangeon se repositionne sur sa chaise, un modèle d'extérieur bon marché en plastique moulé qui tranche avec le côté cossu de la maison et de la propriété de son hôte, un ancien moulin et ses dépendances restaurés dans le grand style Sologne de magazine pour chirurgiens-dentistes. Fabrice détaille à nouveau le chercheur dissident et réalise qu'il lui est impossible de se faire une opinion sur l'individu dans l'immédiat, ce qui n'est pas sans provoquer chez lui un léger malaise. Voyant que les yeux inquisiteurs de Fabrice se sont arrêtés sur les deux jambes presque vides de son pantalon de velours, Huchet précise d'un ton neutre que c'est un cadeau du Pakistan. Face à l'incompréhension affichée par son visiteur, le chercheur poursuit :

– Chantier de fouilles en 1994, j'étais encore étudiant. J'ai eu l'honneur et le privilège d'être l'un des derniers importateurs recensés de la poliomyélite avant son éradication officielle en France.

Remangeon consent à une grimace qui souligne à la fois la malchance de son hôte et son scepticisme quant au caractère disparu de la pathologie :

– Elle reviendra… Comme d'autres maladies prétendument éradiquées.

– Comme les loups !

– C'est pas le genre de comparaison qui plairait à nos amis militants…

Huchet affiche un sourire féroce.

– Les fanatiques du loup sont des cons et des ignares. Depuis quand les imbéciles ont-ils voix au chapitre ?

Fabrice concentre son regard sur le chercheur.

Avec ce genre de discours, tu m'étonnes que tu te sois fait éjecter du CNRS…

Le gendarme sort un calepin et un crayon à papier de trois ou quatre centimètres de longueur d'une poche de son pantalon de treillis.

– Les loups, justement. Parlons-en.

Méthanie

Fabrice profite du silence qui s'est installé à la suite du long exposé du docteur Huchet pour faire jouer les articulations de son cou dans la légère brise de cette fin d'après-midi. Près de l'étang, un saule bruisse sous la caresse légère du vent, abandonnant sans remords certaines feuilles déjà jaunies par la sécheresse. Elles s'en vont fleurir la surface ondulée de l'eau, saupoudrant quelques nénuphars de leurs fines lamelles flétries et cassantes. Le militaire a fait preuve d'un calme studieux et patient tandis qu'il notait les différents éléments abordés par l'universitaire, de la genèse et du fonctionnement de réseaux comme celui du FERAL aux résultats observés dans le parc naturel du Yellowstone aux États-Unis. *Cascade trophique*. En passant bien sûr par les droits des différents usagers de l'espace rural, éleveurs et sylviculteurs, randonneurs et promeneurs, simples citoyens. Les revenus du tourisme. Les pouvoirs publics.

Une question reste toutefois en suspens.

– D'après toi, qu'est-ce qui nourrit à ce point le fanatisme des pro-loups ? Pourquoi les loups, d'ailleurs, et pas un autre animal ? J'ai l'impression qu'avec l'ours le degré est moindre. Quant aux lynx, c'est clairement la cinquième roue de leur carrosse de militants, non ?

Le chercheur est sur le point de dire quelque chose, puis semble se raviser. Après quelques instants, il demande au Solognot si celui-ci veut bien l'emmener faire un tour, ayant « quelque chose » à lui montrer.

Fabrice dévisage son hôte. *Nouvelle facétie ?*

Ils prennent la route quelques minutes plus tard, un fauteuil pliant arrimé sur la roue arrière du panier militaire et un Huchet tout sourires dans le side, tête et visage nus et les cheveux au vent. Mitrailleur déjanté pour campagne de Russie sous LSD, version mille étangs.

– Tu n'as pas une MG42 factice pour mettre devant ? lui demande Huchet.

Fabrice lui crie par-dessus le bruit du moteur que ce n'est pas un modèle allemand de la Seconde Guerre, mais une copie russe plus récente.

– Une mitrailleuse russe, alors ! Tu pourrais même en mettre une vraie pour le prix de la réplique boche. Qui irait vérifier qu'elle n'est pas factice ?

Remangeon passe une vitesse avant de jeter un œil à son passager.

Il en serait capable !

Il faut vingt minutes à l'attelage improbable pour gagner sa destination à travers un dédale de routes étroites et ombragées, un chapelet distendu de villages et hameaux encore somnolents en ce début de soirée. Une fois stationnés sur un espace gravillonné envahi d'herbes folles en bordure de route, aire de pique-nique ou de repos à l'abandon – ou jamais terminée par un conseil général en mal de budget –, Gaëtan Huchet tend un bras en direction d'un amas de structures par-delà un champ de maïs rabougri et assoiffé. Cylindres et dômes verts et gris, à l'allure ramassée et hésitant entre le hangar et l'usine. Une odeur piquante et soufrée leur parvient par vagues faiblardes et intermittentes, remugles de fosse septique vieillissante. Fabrice observe le kolkhoze agricole avec minutie et perplexité.

– Qu'est-ce que c'est ?

– Une micro-usine d'électricité qui fonctionne à la merde. Un intestin d'inox et de béton. Un digesteur. Un « méthaniseur », qu'ils appellent ça.

Le chercheur détaille le principe de fonctionnement de l'unité de fabrication de « biogaz » à partir de déchets agricoles. Avant d'ajouter :

– C'est très lourdement subventionné. L'État avait prévu un « Plan » pour mille méthaniseurs en France en 2020.

– Et on en est où, finalement ?

– Sept cent cinquante, à peu près.

Quand même.

Remangeon plisse les yeux pour se concentrer sur l'infrastructure face à eux. Le mot « méthaniseur » ne lui est pas totalement inconnu, mais c'est la première fois qu'il observe une telle installation, et il était loin de se douter que ces unités étaient déjà si nombreuses. Huchet ajoute, d'un ton plat :

– Les Allemands en ont dix mille.

Le gendarme observe un instant son passager, impressionné et décontenancé.

– Tu dis trente pour cent de gaz carbonique par unité ? Je croyais qu'on devait réduire l'émission de ces gaz ?

– Et jusqu'à soixante-dix pour cent de méthane, qui est aussi un gaz à effet de serre.

– Pourquoi l'État subventionne-t-il ça, alors ?

– Mmh. Pour acheter moins de pétrole aux Arabes, moins de gaz aux Russes et pour que les paysans arrêtent de se flinguer ou de saccager des préfectures, j'imagine. Ce biogaz – en dehors de quelques fuites – n'est pas relâché dans la nature. Il alimente des turbines à gaz, qui permettent aux exploitants de vendre de l'électricité « verte » subventionnée qui améliore notre bilan carbone national.

Remangeon se replonge dans l'étude silencieuse de l'ensemble de méthanisation. Il finit par demander :

– C'est quoi, le rapport avec les loups ?

À condition qu'il y en ait un…

Huchet affiche un large sourire joyeux, et sans doute préparé à l'avance.

– Tu sais où nous sommes ?

Remangeon nie de la tête.

– Chez Boris Génolac. Il a monté ce méthaniseur l'an dernier. Sur les bons conseils de son ami breton, qui, lui, est équipé depuis trois ou quatre ans déjà.

– Kémeneur ?!

Le chercheur opine du chef, avant de sortir un paquet de Camel froissé de la poche de poitrine de sa chemise et de s'allumer une cigarette.

– Je profite qu'on est assez loin. C'est que ça rejette aussi du sulfure d'hydrogène, ces machins-là.

Il tire une bouffée, et expire en marmonnant un « Inflammable » que Fabrice comprend tout juste.

Le gendarme tente de nouer les fils des informations distillées par le chercheur excentrique. Huchet tend sa clope en direction de l'unité de production et son filet de fumée de tabac se disperse rapidement dans l'air frais.

– L'unité traite des déchets pour faire du méthane. On obtient un déchet de déchets : le digestat. Celui-ci est liquide ou boueux, et il est épandu dans les champs alentour. Tu vois la cuve d'épandage, là-bas, derrière le tracteur ? Cela nécessite des surfaces pour le faire. Dans certaines régions, comme celle d'origine de Génolac, le sol est peu propice. Il y a beaucoup de pénétration des nappes par effet de lessivage. Alors les apprentis gaziers changent de région.

– Tu veux dire que derrière leur façade écolo ces types seraient des pollueurs ?!

Huchet balance sa chevelure de droite à gauche.

– L'activité est contrôlée. Le contenu du digestat doit être testé et rester dans des limites acceptables. N'empêche, des riverains se plaignent. Des assoces anti-méthaniseurs s'organisent. Des pétitions circulent. Preuve que les contrôles ont pas l'air de satisfaire tout le monde… Des agriculteurs conventionnels se plaignent aussi. Les méthaniseurs font augmenter le prix des terres et des fourrages, qui ne sont plus destinés au bétail mais uniquement à la production d'énergie subventionnée.

– J'imagine que ça doit pas trop déranger Kémeneur et sa clique, qui doivent en plus être végans...

Le chercheur tire une longue bouffée de sa cigarette tandis que son regard s'allume en direction de Remangeon.

– Tu vois. Tu piges. C'est un tout. L'impact n'est pas que potentiellement environnemental. C'est pas la première arnaque au bilan carbone non plus, et on en verra d'autres... Ce que tu observes là, c'est la fin de quatre mille ans de civilisation rurale. L'évolution terminale du paysan qui achève sa mutation pour devenir un simple agent industriel délocalisé en zone rurale, sans lien avec son village ou sa communauté. Les conséquences de ce changement ne se mesureront que dans plusieurs décennies. Et comme tu l'as senti, c'est aussi la fin annoncée de la filière viande. C'est la chasse aux viandards qui a commencé. On l'a vu avec les Gilets jaunes, accusés des trois péchés majeurs selon la nouvelle religion : fumer, rouler en 4 × 4 et manger de la viande. C'est un tout.

Fabrice balaie le chercheur de son regard sombre un long instant.

– Bon. Tu n'aimes pas les méthaniseurs... Franchement, si ça peut aider des exploitants non rentables à arrondir leurs fins de mois ou à se recycler, pourquoi pas... C'est toujours bien de créer des sources d'énergie indépendantes de l'étranger, non ?

Huchet lui jette un bref coup d'œil méprisant avant de jeter son mégot dans l'herbe devant lui en marmonnant « Dans votre cul, les écolos », puis de revenir vers Fabrice.

– Beaucoup de méthaniers ont déjà abandonné toute activité agricole conventionnelle pour se consacrer à leur biogaz, beaucoup plus rentable. On est face à un manque de vision à moyen et long terme des pouvoirs publics. C'est l'autosuffisance alimentaire qui pourrait être menacée d'ici quelques décennies. Le jour où les autres pays ne veulent plus nous vendre grains et céréales, on fait quoi ?

– Mille méthaniseurs sur tout le territoire, ce n'est qu'une fraction des exploitations agricoles...

– C'était le plan 2020 ! Il y en aura d'autres, avec toujours plus d'objectifs chiffrés. Les gouvernements paniquent à cause de la fin annoncée du pétrole bon marché.

Remangeon produit une moue sceptique.

– Je croyais qu'on extrayait de plus en plus de pétrole ? Le gaz de schiste, les gisements *offshore*, et tout ça...

Gaëtan secoue la tête.

– Les nouveaux sites sont très profonds et de moins bonne qualité. Un cours artificiel du pétrole est maintenu via des montages financiers ou des subventions déguisées. Le jour où ça coûtera cinq cents dollars d'extraire un baril que les populations refuseront de payer plus de deux cents dollars, la fête sera finie, gendarme. Pourquoi est-ce que tu crois qu'on se démène pour faire acheter aux populations des bagnoles électriques à trois fois le prix d'une bagnole à essence ? Des véhicules dont les accumulateurs sont rechargés par des centrales nucléaires en France et des centrales à charbon en Allemagne, et qui vont causer des guerres d'appropriation de métaux rares aux quatre coins du globe et générer de nouveaux déchets qu'on ne sait pas encore traiter de façon efficace, comme le lithium…

Fabrice laisse quelques secondes s'écouler, avant de revenir à la charge :

– Et le loup dans tout ça ?

Huchet lui adresse un regard équivoque, un brin désabusé, où pointent lassitude et ressentiment.

– Le loup, c'est LA pièce médiatique et emblématique du grand puzzle fantasmé de ces types-là. Ils vivent une ruralité qui n'existe que dans leurs têtes, et à leur seul profit, construite sur la base de légendes urbaines zoologiques héritées des années soixante-dix et sans rapport avec la réalité du vécu de nos ancêtres. Végans, ils se moquent de concourir à la fin de la filière viande. Antichasse, ils se moquent de foutre leur digestat partout sur les territoires de chasse et se réjouissent même du retour d'un féroce concurrent aux chasseurs. Étrangers au village, ils se tamponnent des récriminations de leurs voisins sur les odeurs, les considérant comme des péquenots réactionnaires.

Gauchistes, ils n'ont aucun scrupule à bénéficier de « plans » aux relents soviétiques et d'un système dirigiste lourdement subventionné qui fait payer leurs méthaniseurs aux autres. Pour leurs épandages, moins il y aura de gens autour de leurs installations, mieux ils se porteront… Les nouveaux pionniers de la nature du futur. Les enfants de la terre mère, « Gaïa » enfin débarrassée de tous ses « mauvais » humains. Notre extrême-onction écolo à tous par le digestat de méthane… la Très Sainte Merde.

L'attention du gendarme revient à l'unité de production de biogaz appartenant à Boris Génolac. Les trois plus grosses structures ont été peintes en vert. Fabrice imagine que ce choix de coloris n'est pas anodin.

– Tu m'as dit que dans le parc de Yellowstone les loups avaient contribué à une sorte de renouveau de l'écosystème. Qu'ils avaient enrayé la prolifération des cervidés qui rasaient la végétation et celle des coyotes qui détruisaient les écureuils terrestres ou les rongeurs. Qu'on y a constaté un accroissement de plusieurs essences d'arbres, le retour de zones humides, de renards et même de l'aigle à tête blanche. Ce sont des constatations, pas des fantasmes, non ?

Huchet lui adresse un regard vague.

– Tu crois que les militants qui l'ont réintroduit en 1995 avaient une quelconque idée de ces effets ? Laisse-moi rire.

Remangeon fronce les sourcils face à la rhétorique biaisée de son passager. Il jette un œil à sa montre à cadrans. *Un cadeau de Delphine, de plusieurs centaines d'euros.* La convocation du visage de son épouse dans son esprit ne fait qu'accroître le malaise initié par l'orientation monomaniaque prise par le discours du chercheur.

Il est temps de rentrer.

Orages

Delphine a tendu un bras assoupi en travers du lit conjugal, pour n'y constater que froideur et vide. Elle ouvre les yeux sur le clignotement ténu de sa peau. L'éleveuse réalise qu'il s'agit d'un effet produit par des éclairs violents et muets qui transpercent leurs volets. *Un orage au loin.* Elle comprend que c'est l'absence de Fabrice qui l'a réveillée, ce qui fait naître en elle une pointe d'amertume colérique.

Il faut tout le temps que tout tourne autour de lui !

Après avoir consulté l'heure, Delphine s'assoit dans le lit en rejetant le drap léger qui la couvrait. Elle tire machinalement sur le T-shirt détendu qui lui fait office de pyjama, jugeant ses cuisses trop épaisses et disgracieuses dans le clignotement pâle de l'orage. Ses pieds tâtonnent à la recherche de ses pantoufles en coton éponge au pied du lit. Comme elle ne les trouve pas, l'éleveuse de faisans se lève et laisse glisser ses pieds nus sur le parquet flottant de leur chambre à coucher, puis sur la surface inégale et froide du couloir en tomettes. Encore légèrement ensuquée, elle sursaute lorsqu'elle aperçoit la silhouette sombre et changeante à la fenêtre de la cuisine. Son cœur fait une embardée lorsque les contours de Fabrice semblent se modifier, *comme s'il était en train de se transformer en quelque chose d'autre.* Les traits tirés par une terreur naissante, Delphine se fige, sa lourde poitrine cessant presque de se soulever sous le coton du T-shirt.

Il fustigeait le fanatisme de Kémeneur ou Génolac, mais qu'en est-il du sien ?

Nu face à la fenêtre, le visage fermé et baigné de la pulsation stroboscopique des éclairs qui déchirent le ciel à plusieurs kilomètres, Remangeon repense à sa visite chez le chercheur en disgrâce. Le personnage l'avait amusé au début, mais son amertume en circuit fermé focalisée sur les méthaniseurs avait fini par le fatiguer. Le militaire a connu par le passé des handicapés qui adoptaient une attitude similaire à celle de Gaëtan Huchet, mélange de positivisme ostentatoire dans l'épreuve et de cynisme total, voire de méchanceté à peine déguisée, pensant trouver dans leur handicap le paratonnerre politiquement correct à la critique légitime que leur comportement égoïste ou leurs paroles acerbes pourraient parfois justifier. Le trajet du retour lui avait paru long, et les remerciements et l'au revoir plutôt laconiques de sa part.

Manquer d'informations est toujours préjudiciable dans une investigation, mais être noyé de données inutiles ne constitue pas forcément une meilleure configuration.

La question est : Maëva a-t-elle été tuée par un loup sauvage ou a-t-elle été assassinée ?

En dépit de la tournure assez fantasque prise par l'analyse du docteur Huchet sur la conception supposée de la ruralité de certains écologistes, Fabrice admet une certaine pertinence dans la dimension religieuse qu'elle sous-tend. Une attitude, un discours, déjà croisés et constatés par lui-même. *La raison s'efface au profit des dogmes, des croyances et des affirmations péremptoires. Les zélateurs et les blasphémateurs.*

Un léger grondement, à peine perceptible, se fait l'écho de ses pensées, comme si l'orage luttait pour prendre part à sa réflexion mais qu'on l'en empêchait. Le gendarme repense à une citation lue quelque part : « Lorsque les gens ne croient plus en Dieu, ils ne croient pas en rien, ils croient en n'importe quoi. »

Est-ce donc là ce qui nous attend ? Le retour à l'obscurantisme généralisé ? Tous des fanatiques ?

Delphine a attiré son attention sur un programme télévisé diffusé en seconde partie de soirée. La nouvelle de l'attaque lupine avortée chez les sœurs Leleu a fuité dans les médias : une chaîne du satellite a diffusé un débat racoleur sur « la Bête de Sologne », animé par d'illustres inconnus ennuyés et ennuyants et bombardés de titres ronflants par incrustation digitale. Mauvaise langue, le Solognot s'est imaginé qu'il s'agissait d'assistants déguisés de l'équipe de production, chargés de lire un script dans leurs costumes mal ajustés.

Et si notre histoire humaine n'était ni linéaire ni cyclique, mais avait atteint une fin de course, une butée finale sur laquelle nous viendrions rebondir pour repartir à rebours ?

Une involution.

Après avoir cligné des yeux à plusieurs reprises, Delphine a compris que son mari n'était pas l'objet d'une métamorphose quelconque, mais que les contours de sa silhouette se jouaient de ses yeux dans la lumière contrastée avec violence et par intermittence via les décharges électriques à l'horizon, qu'il contemple en silence.

Pourquoi ai-je si peur de lui ?

Elle ferme les yeux pour s'offrir une longue expiration. Lorsqu'elle les rouvre, il a disparu. Il n'y a plus rien que la profonde pénombre de la pièce pendant plusieurs longues secondes qui voient son rythme cardiaque s'accélérer de nouveau. Un rai de lumière se dessine alors sur le profil de son mari, debout devant le frigidaire ouvert, tandis que deux zébrures blanches et bleues raniment l'encadrement de la fenêtre.

Léger grondement. *L'orage se rapproche de nous.*

Elle fait quelques pas dans sa direction sans qu'il ait conscience de la présence de sa femme avec lui dans la cuisine. Delphine est déçue lorsque son homme finit par effectuer un rapide mouvement de la tête alors qu'elle n'est plus qu'à un mètre cinquante : il n'a pas sursauté et se contente de poser un regard prolongé sur elle, la devinant plus qu'il ne la voit. Ils se défient du regard, chacun cherchant le blanc des yeux de l'autre, tentant de capter un dessein ou un sentiment dans les brefs reflets des éclairs.

Delphine mesure à contrecœur l'ambiguïté du désir qu'elle ressent pour cet homme dans sa cuisine. *Mon homme*. Ils sont peu au village à conserver un corps comme le sien à son âge. Là, au milieu de la nuit, son regard noir braqué sur elle et sa mâchoire carrée au-dessus de sa haute stature musclée font naître chez elle une faim honteuse en son bas-ventre qu'elle aimerait ne pas ressentir, mais face à laquelle elle est impuissante.

– Tu es un salaud, Fabrice Remangeon.

Il ne répond pas, attendant un nouvel éclair pour deviner l'intention dans les yeux de sa femme. Fabrice n'y lit finalement aucune trace d'ironie. Elle prend son mutisme prolongé pour de la lâcheté.

– C'est tout ce que ça t'inspire ? Tu préfères quand c'est ta Manouche qui te le dit, avant que tu la baises ?

Nouveau silence. *Il est l'heure de payer pour ma nuit chez les sœurs Leleu.*

Elle lève la main pour le gifler mais il a déjà lâché la porte du frigidaire pour se saisir de son poignet. La prise est mal assurée et il agrippe son avant-bras alors que les doigts féminins ne sont déjà plus qu'à quelques centimètres de son visage. Elle décèle un mouvement dans son épaule opposée, ce qui ressemble à une hésitation ou une esquisse de déplacement. Elle souffle dans la pénombre, d'une voix mal assurée :

– Tu n'oserais pas lever la main sur moi… ?

Fabrice finit par relâcher le bras captif dans un geste de dépit ou de mépris. Dans ce mouvement de rejet, le dos de la main vient heurter accidentellement une chose humide au niveau de l'entrejambe du militaire. Une bouffée de chaleur déchire le ventre de la femme quand elle comprend qu'il s'agit du membre en érection de son mari.

– Alors nous en sommes là ? C'est ça qui t'excite ? Mon mépris et mes insultes ?

Elle fait un pas vers lui pour poser une main sur le torse et l'autre sur le sexe, qu'elle décalotte avant de lui imprimer plusieurs mouvements secs du poignet, les doigts serrés autour de ce cylindre de chair palpitant qui lui appartient et que nulle autre ne devrait avoir le droit de toucher.

Je le mérite.

– Tu n'es pas celui que je croyais, Fabrice.

Il ferme les yeux, ignorant la remarque et ses implications, se laissant gagner par la caresse nerveuse de Delphine, par l'effet de son souffle court et tiède dans son cou. Elle le masturbe avec la maladresse avide d'une débutante avant de descendre malaxer ses testicules. Il rouvre les yeux pour s'emparer du T-shirt et le lui faire enlever. L'éleveuse s'exécute et reste nue un instant face à lui, le visage déformé par la colère et le désir dans une brève illumination de l'orage qui frappe désormais aux portes de la commune. Les tambours de guerre célestes sont arrivés pour accompagner cette joute conjugale nocturne, cette déchirure d'amour et de haine dans leur union, dont ni l'un ni l'autre ne connaissent l'issue.

Fabrice s'empare de la poitrine de sa femme sans tendresse, comme d'un butin qui lui est dû, avant de descendre à son nombril et à son pubis. Il grogne une satisfaction animale lorsque ses doigts s'enfoncent dans sa vulve détrempée et ouverte, avant de la pousser en direction de la table de la cuisine. À aucun moment ils n'essaient d'échanger le moindre baiser et Delphine se laisse basculer sur la toile cirée imprimée. Elle écarte ses cuisses sans pudeur, l'invitant à y poser ses mains au revers pour y peser de ses bras puissants et mieux la clouer à la table en lui ouvrant le bassin. La froideur calculée de la voix féminine dans l'obscurité contraste avec la chaleur croissante de son ventre, avec cette attente avide qui flirte désormais avec l'insupportable.

– Vas-y, Fabrice. Baise-moi. Baise ta femme.

Delphine doit se mordre la lèvre pour rester silencieuse lorsqu'il s'enfonce en elle en pesant avec fermeté sur l'intérieur de ses cuisses. Elle ne lui offrira pas la satisfaction de flatter son ego. Les coups de reins se font secs, et les mains du militaire remontent dans l'articulation des genoux pour mieux ouvrir et écarter ce bassin offert. Le regard de sa femme dans la lumière intermittente se fait vague, les traits tirés de son visage traduisent une lutte interne intense aux allures de souffrance alors qu'elle cherche une échappatoire au plaisir qui pulse en elle par vagues croissantes.

Lui aussi fait l'effort de rester silencieux.

Après plusieurs minutes étranges, marquées par le bruit humide et régulier de leur coït revanchard et ponctuées du roulement de tambour céleste autour d'eux, Fabrice relâche la pression sur ses cuisses et se retire d'un demi-pas vacillant. Rendu ivre par la tension, sans un mot, il propulse plusieurs zébrures scintillantes et collantes en travers du nombril et de la poitrine de son épouse, dont les jambes ankylosées sont retombées contre le rebord de la table, les genoux autour de ses hanches, les pieds aux ongles vernis suspendus dans le vide au-dessus du sol froid, dans une attitude d'abandon négligé, son visage aux nombreuses taches de rousseur se recomposant déjà un masque de froide neutralité.

Elle n'aime pas cette façon de conclure un rapport, il le sait, mais cette nuit il s'en moque. Il reste plusieurs secondes debout entre ses jambes, profitant de son plaisir, et ne sachant quoi faire après cela. Leurs regards se verrouillent l'un dans l'autre, chargés de tout l'amour oublié, perdu ou gâché ces derniers mois et devenu ressentiment et non-dits. Ultime déni de leurs habitudes, elle laisse glisser une main paresseuse sur sa poitrine, sans le quitter des yeux, pour y étaler lentement l'âcre semence masculine qui se fige déjà sur sa peau autour des tétons érigés dans l'air chargé d'électricité. L'espace d'un éclair plus long qu'un autre, Fabrice capte la réalité du regard adressé par ce visage glacial de mannequin de vitrine, et il mesure toute la haine froide qui déborde désormais des iris de son épouse en une cascade confuse mais bien réelle.

Leur amour s'est avarié, et ils n'en partagent désormais plus que le goût blet et écœurant dans le silence des vaincus.

Préparatifs

Le degré de saleté de son attelage russe était très relatif, mais Fabrice l'a tout de même lavé avec soin, mû par un besoin de faire quelque chose de concret en cette matinée au ciel couvert et changeant, et animé aussi par une nécessité sous-jacente de sortir de cette maison où Delphine et lui tournaient en rond sans s'adresser la parole depuis leur réveil. Après avoir lavé le side-car au jet de jardinage à faible pression, il l'a laissé s'égoutter avant d'en sécher les principaux éléments avec une série de chiffons propres. Le gendarme en fait maintenant le tour, armé d'une clef à molette de bonne taille pesant lourdement dans son poing droit, pour vérifier la visserie et son serrage. Son visage est empreint d'un sérieux qui ne doit pas grand-chose à l'état mécanique du véhicule, ses traits tirés accusent surtout la fatigue d'une nuit incomplète et tourmentée.

Elle m'a bien fait comprendre qu'il ne s'agissait en aucun cas d'une réconciliation sur l'oreiller…

Des bruits attirent son attention alors qu'il est agenouillé côté moto. Des claquements de pneumatiques qui chassent les pierres de leur chemin. Levant la tête, une main sur le garde-boue avant, le militaire patiente quelques secondes avant de pouvoir découvrir l'identité de leur visiteur. Étienne de Rougemont, au volant d'un 4 × 4 hybride japonais sorti de sa concession il n'y a sans doute guère plus de quelques semaines. Le louvetier n'a pas vu le Solognot et va stationner sa voiture à côté de celle de Delphine, devant le parterre de fleurs sous la fenêtre de la cuisine. Le temps qu'il descende de son siège et referme sa portière, Fabrice a déjà couvert la moitié du chemin qui les sépare, adressant un bref coup de tête au chasseur assermenté. Les deux hommes se serrent la main.

– Vous me payez un café ?

Fabrice indique son approbation et ils gravissent la courte volée de marches qui donnent sur l'intérieur de la maison. De brèves réminiscences de l'étreinte nocturne s'imposent à l'esprit du gendarme lorsqu'il fait signe au lieutenant de louveterie de prendre place à la table de la cuisine. Remangeon ouvre un placard, cherche le café, lorsque Delphine surgit. Elle salue le visiteur d'un ton neutre avant d'ouvrir un second placard et de s'emparer du paquet de café convoité, passant ensuite devant son mari pour rejoindre la cafetière, l'esquivant en souplesse. Fabrice vient s'asseoir à son tour, évitant le regard de Rougemont, qui n'a pas manqué de remarquer le silence et la rigidité des postures des deux conjoints.

– Je sors de chez le préfet. Il a fait l'aller-retour à Beauvau hier soir. La pression monte.

Fabrice acquiesce en silence. Delphine dépose deux tasses vides et un pot à sucre devant eux, avant de glisser une petite cuiller dans chaque tasse. Elle se tourne vers Fabrice.

– Tu serviras monsieur ?

Elle laisse traîner son regard vaguement interrogateur sur leur visiteur en guise de conclusion à sa demande. Rougemont se lève, réalisant qu'ils n'ont pas été présentés.

– Merci, madame Remangeon. Je suis Étienne de Rougemont. Lieutenant de louveterie. Je suis venu demander l'aide de votre mari pour des battues administratives. Les loups.

L'éleveuse accepte sa main tendue avec un léger sourire.

– Enchantée, monsieur. Mais vous savez, Fabrice ne me dit pas tout…

Sur ce, elle abandonne les deux hommes dans le bruit et l'odeur du café qui chauffe. La mâchoire crispée de Fabrice incite le louvetier à ne pas s'attarder sur ce qui ressemble à une dispute conjugale, pour reprendre :

– Des idiots ont fait un débat à la télévision après l'attaque supposée au domaine du Gas-de-Bruyère. Ils ont parlé de « la Bête de Sologne ». On était assez tranquilles jusque-là sur les réseaux sociaux, mais à présent tous les fadas de surnaturel et de complots ont sorti leurs PC. L'actu va être pauvre jusqu'aux premiers départs de juillet, et les fils d'actu reprennent l'info pour meubler. Chaque site génère plusieurs centaines de commentaires à chaque fois. Les pro-loups et les anti-loups s'écharpent à grand renfort d'insultes et de menaces. Certains parlent de faire des manifs, d'autres de flinguer tous les loups, d'autres d'incendier les bureaux des fédérations de chasseurs ou les préfectures... C'est le bordel.

– Donc ?

Rougemont tapote des doigts sur la toile cirée.

– Donc je pars en chasse demain, accompagné de deux autres lieutenants de louveterie, d'un observateur de la brigade Loup de l'ONF et de ceux de vos hommes qui seraient disponibles. Traque itinérante. On abat le clan en question, les trois loups identifiés...

– Nous ne sommes que quatre à la brigade. Je ne suis même pas sûr que ma hiérarchie acceptera de détacher ne serait-ce qu'un personnel... Et en dehors de moi, les autres ne vous seront que de peu d'utilité.

Geretz voudra faire ses heures. De Freitas a tendance à faire du gras ces derniers temps, et en dépit de sa bonne volonté je doute que Freysse connaisse quoi que ce soit au maniement d'une carabine de chasse ou du déroulement d'une traque...

– Vous seul, ça me suffit. Votre hiérarchie sera d'accord. Le préfet appellera la Légion, s'il le faut. Vous avez de quoi camper ?

– Vous voulez bivouaquer ?

– Oui. On se met sur la piste du trio et on ne rentre pas tant qu'on ne l'a pas débusqué.

Effectivement, la pression monte.

– Bon. Je devrais pouvoir trouver deux ou trois trucs. Au pire, je ferais un saut à Romo en fin d'après-midi pour me trouver une tente de randonnée. J'ai dû flinguer la dernière il y a bien longtemps…

C'était quand ? Du temps d'Élise ?

Brefs souvenirs. Visage évanescent et soleil se réfléchissant dans une chevelure blonde. Le Solognot lutte pour s'arracher à sa rêverie naissante. Le temps que Rougemont lui précise l'heure et le lieu du rendez-vous du lendemain, le café est prêt. Fabrice se lève pour servir leurs tasses en silence. Entre ses tempes grisonnantes, le regard d'acier du lieutenant de louveterie affiche une tension palpable, et déjà quelques signes d'usure nerveuse. Une certaine fébrilité aussi.

Il doit avoir hâte de s'enfoncer dans les bois pour que les huiles lui foutent la paix…

Les deux hommes boivent leur café assez rapidement. Ils ont évoqué le principal, et l'homme d'action en chacun d'eux sait que tout discours supplémentaire est superflu : les détails se règlent en temps voulu par des initiatives personnelles.

Après avoir raccompagné le visiteur impromptu, Fabrice se rend à l'étage dans son bureau. Il cherche au passage Delphine du regard dans plusieurs pièces, mais celle-ci demeure cachée et soustraite à ses questions muettes. Le gendarme ouvre son coffre à fusils pour s'emparer de sa carabine Chapuis double express. Un achat impulsif réalisé l'an dernier à la suite de son retour en Sologne pour honorer deux ou trois invitations mondaines à des parties de chasse. Il admire quelques instants la profondeur du vernis de la crosse sur le très beau noyer mordoré, en se demandant avec quel calibre on peut bien chasser le loup. *Une fois la mythologie clinquante exclue, ce ne sont que des animaux d'une trentaine de kilogrammes. Le 30R Blaser fera l'affaire, quitte à couper ces loups en deux… Ce n'est pas la venaison qu'on cherche, le principal est de les arrêter en pleine course.*

Après avoir sélectionné un lot de munitions neuves, le Solognot hésite. Il pose la boîte sur la tranche de l'épaisse porte blindée et ouvre le compartiment supérieur, là où se trouve son Manurhin Gendarmerie à canon de quatre pouces. Sa main droite quitte la porte du coffre pour déplier le chiffon gras qui enveloppe le revolver, dont le chien repose sur la seule chambre vide. Remangeon sort l'arme pour la soupeser et la faire tourner dans les rayons de lumière obliques qui tombent du puits de lumière à sa droite. Il avait économisé sur plusieurs soldes avant son premier mariage pour se l'offrir, et il ne se souvient même plus de la dernière fois où il a sorti le revolver du coffre. C'est à peine si le bronzage marque quelques signes d'usure sur les arêtes supérieures et inférieures de la carcasse et sur le barillet.

Mon vieux, on va s'offrir une petite balade en forêt.

Lorsqu'il se retourne, une arme dans chaque main, il lève la tête avec surprise sur la silhouette de Delphine dans l'encadrement de la porte de son bureau. Sa femme le dévisage en silence, muette et hermétique, immobile, ses pupilles vert d'eau allant des armes au regard sombre de Fabrice, celui-ci se réduisant peu à peu à une double fente méfiante. L'instant se prolonge mais lorsqu'il va dire quelque chose, elle a déjà disparu dans l'ombre du couloir de l'étage. Ses vêtements n'ont émis que le plus léger des froissements.

Tel un fantôme.

Expéditions

Le groupe s'enfonce en silence dans l'épaisseur du bois à pas mesurés. Alors qu'il observe ses compagnons de traque un à un, Fabrice Remangeon est saisi par un sentiment contradictoire : une pointe d'excitation empreinte de gravité, mais aussi une vague impression de futilité, comme si tout ceci ne rimait pas à grand-chose. Ce n'est pas anodin, mais cela n'a guère de sens.

Fabrice jette des regards attentifs autour de lui, scrutant les ombres profondes de la forêt, les entrelacs de branches noires aux écorces burinées, l'enchevêtrement touffu des ronciers, les parterres denses de fougères. Même si elle est moins prégnante que lors de son épisode de transe presciente au retour du Gas-de-Bruyère, la sensation d'hostilité larvée est de nouveau là, diffuse et insidieuse. *La vieille forêt nous observe. Elle nous laisse venir à elle, nous attend au tournant…*

Avec les lieutenants de louveterie et le fonctionnaire de l'ONF qui marchent dans leurs tenues vertes, l'arme en bandoulière dans le dos ou sur l'épaule, des bottes d'intervention ou des chaussures de randonnée aux pieds, le groupe dégage un air martial, impression renforcée par le mutisme qui a frappé les chasseurs depuis quelques minutes, sans qu'on sache s'il s'agit de crainte, de révérence ou de concentration. Comme un air de patrouille fébrile dans une jungle de film de guerre, pourchassant un ennemi invisible qui est partout et nulle part, et qui peut à tout instant faire basculer le rapport de force entre traqueur et traqué, tenant la main dans un jeu de poker et de miroirs venimeux, où les illusions sont reines et la mort attendue comme brusque et violente.

Après quelques minutes de marche, la réflexion du gendarme se fait plus générale. L'hostilité perçue autour de lui évolue en une sensation de fragilité de l'instant présent. Le Solognot comprend qu'il traverse un épisode de sa vie marqué au sceau de la précarité. L'avenir de sa brigade est menacé par le processus de réorganisation engagé au niveau de la région de gendarmerie et son mariage est en train de sombrer. Il pourrait perdre en quelques semaines les fondations d'une nouvelle vie qu'il lui avait fallu rebâtir il y a dix-huit mois. Fabrice réalise la relative nouveauté de ce qu'il pourrait considérer comme déjà acquis. Sa mutation à la brigade. *Delphine. Mon mariage. Tout cela est si récent en fait. Quels en sont les réels fondements ?*

S'il est prêt à se battre sans réserve pour son unité, pour les collègues sous ses ordres, comme il l'a toujours fait dès qu'il s'agissait de gendarmerie et de défendre les motifs initiaux de son engagement et de sa vocation, Fabrice n'est pas sûr de savoir jusqu'à quel point il est capable de se mentir pour entretenir la croyance qu'il en fera autant de son union avec Delphine. Il aime son épouse avec sincérité, mais Remangeon n'est pas certain de ressentir la même chose avec l'idée de leur couple et la vie qui en découle.

La vibration de son téléphone sur sa poitrine dans l'une des poches de sa veste F2 interrompt le fil de ses pensées. Un rapide coup d'œil à l'écran lui indique la provenance de l'appel – la brigade – et le renseigne sur la faible puissance du réseau capté ici.

– Remangeon, j'écoute.

Il reconnaît la voix de Freysse et les deux hommes discutent quelques instants. Fabrice s'est arrêté, laissant le reste du groupe prendre un peu d'avance.

– Tu sais de quel côté ils vont ?

Après quelques phrases courtes et factuelles, Fabrice coupe la communication. Il est préférable d'économiser sa batterie désormais. Lorsqu'il rejoint Rougemont et ses chasseurs, les hommes forment un cercle à l'air concerné, les yeux baissés au sol.

– Ils sont dans le coin, lui précise le louvetier.

Fabrice remarque le pied canin qui a marqué au sol. Il ouvre la fermeture éclair de la poche de poitrine gauche de sa veste pour en sortir son moulage, relevé sur le site de l'attaque de la petite Daumois. Il s'agenouille ensuite pour la comparer avec l'empreinte au sol, qui est moins longue, moins profonde. Même si la profondeur dépend de la nature du sol et n'est pas vraiment significative, les quatre traqueurs sont vite d'accord sur les dissemblances et l'appartenance à une autre bête du trio recherché.

– Le pied n'est pas très vieux, observe le second lieutenant de louveterie. Sans doute cette nuit.

Le major adresse un hochement de tête au retraité. Râblé et court sur pattes, étroit d'épaules, les yeux noirs et vifs sous des sourcils broussailleux, c'est un Solognot du coin, héritier d'une morphologie séculaire limitée par les fièvres et la mauvaise qualité d'une alimentation peu variée arrachée de haute lutte à une terre ingrate, acide et avare. Fabrice lance un regard circulaire soucieux sur les bois environnants.

Si nous n'avons pas à nous attarder, tant mieux.

Rougemont et le fonctionnaire de l'ONF, un trentenaire assez terne et insondable pour l'instant, se sont mis d'accord pour gagner dans un premier temps un ruisseau près duquel ils pourront mettre en place des affûts tournants à deux, tandis que les deux autres partiront en reconnaissance. Le cours d'eau est encore à plus d'une heure de marche et les hommes repartent bientôt, les yeux scrutant le sol à la recherche de nouvelles empreintes. Fabrice s'arrange pour attirer l'attention de Rougemont et le maintenir à l'arrière avec lui quelques instants.

– La brigade m'a prévenu que le père de la victime et deux autres individus ont été vus traînant dans les bois avec des armes... Identifiés de façon formelle par trois témoins différents.

Le louvetier réfléchit quelques instants. Il ne semble pas surpris outre mesure.

– C'était une possibilité... Qu'est-ce que vous en dites ?

– J'en dis qu'ils ne sont pas dangereux pris indépendamment les uns des autres. Mathieu Daumois est un loser inoffensif. Je doute même qu'il sache se servir d'une arme. Son beau-frère est totalement inconnu chez nous, ce n'est pas un chasseur non plus. Le troisième, c'est Gérald Morlaix. C'est un pilier de bistrot et un cas social. Nous avons établi un lien fréquent mais encore inexpliqué avec la victime. Il habite la même zone pavillonnaire gérée par l'office HLM départemental que les Daumois.

Rougemont fronce les sourcils.

– S'il a rejoint le père et l'oncle dans leur vendetta, c'est qu'on doit aussi le considérer comme un proche, non ?

– Oui, bien sûr. C'est bien ça qui me gêne.

Rougemont affiche son incompréhension.

– D'après nos éléments, la famille ne connaissait pas Morlaix avant la mort de leur fille.

– Vous soupçonnez quoi ? Une liaison cachée avec la gamine ? Elle était mineure, non ?

– Il a trente-deux ans. Elle en avait quatorze.

– Je vois... Un « ami de la famille »...

Fabrice grimace à contrecœur.

– Oui et non. L'autopsie a montré que la victime était toujours vierge. On ne sait pas ce qu'ils foutaient ensemble... Mais on sait que Morlaix appelait la victime au moins trois fois par semaine, on a retrouvé des traces de pneumatiques de VTT ou de cyclo sur les lieux de l'attaque et Morlaix n'a pas le permis et se déplace en mobylette, et maintenant le voilà qui crapahute avec le père et un oncle pour régler leur compte en douce à notre bande de loups…

– Vous pensez quoi ? Qu'il essaie de se créer une image ? Qu'il cherche à effacer des traces ?

Les morts ne parlent pas. A fortiori des loups.

– Je ne sais pas. Mais ce type est à surveiller. Le seul risque avec les deux autres, c'est qu'ils se tirent une balle dans le pied, ou l'un dans l'autre, mais Morlaix armé et lâché dans la nature, c'est de mon point de vue un individu qu'on doit considérer comme potentiellement dangereux.

Le lieutenant digère l'information et donne un coup de menton en direction des hommes qui les précèdent.

– Il faut prévenir les autres.

Fabrice marque son approbation d'un mouvement de tête. Les traits de son visage se sont durcis et la résolution dans son regard sombre s'est chargée d'une dureté nouvelle. Avec la nouvelle d'une expédition pirate et parallèle à la leur comprenant Morlaix, leur traque vient de prendre une nouvelle dimension, nettement plus critique et renforçant le sentiment d'insécurité distillé par la forêt environnante. Plus que jamais, le gendarme ressent le caractère spécifique de l'instant vécu, doublé d'une certaine forme d'irréversibilité.

Il va se passer quelque chose.

Réfractions

Debout derrière la baie vitrée de son salon, Vanessa Vailly pourrait sembler n'être qu'une ombre fantomatique, un reflet parasite né d'une illusion d'optique. Perdue dans une contemplation distraite de sa vaste piscine où scintille le grand soleil du jour, la femme demeure immobile, figée dans un mutisme triste qui étire de façon inhabituelle ses traits poupins et capricieux, leur redonnant pour quelques instants l'âge qui est le leur.

Pourquoi aujourd'hui plus qu'un autre ?

La solitude fut un choix lorsqu'elle décida d'épouser par intérêt un homme d'aussi peu d'intérêt que Patrick. Elle savait qu'elle serait aussi seule en sa présence qu'en son absence, mais s'en accommodait parfaitement au vu du niveau de vie offert en contrepartie. Et côté sexuel, elle n'avait même pas eu à négocier un arrangement, elle le lui avait imposé. Il ne la touchait plus, elle avait des amants et elle se contentait de maintenir une apparence docile en public. Point final.

En ces instants, elle a mal et elle ne connaît que

trop bien l'origine de sa souffrance. Ce constat alimente chez Vanessa une surprise amère et pleine d'ironie. Jamais elle n'aurait cru pouvoir à nouveau prêter le flanc à des sentiments de cette nature, à cette faiblesse. Surtout pour lui.

Bien sûr, le gendarme possède des qualités viriles, un allant et une allure. Un prestige lié à sa fonction. Un regard contre lequel peu de femmes pourraient prétendre être totalement inoculées. Il demeure pourtant en lui une part enfouie et difficilement définissable qu'elle avait vite mise à jour et qu'elle n'aime pas, voire qu'elle hait. Une haine légère comme le souffle d'un maléfice de débutante en magie amoureuse, une haine qu'on entretient sans effort, qui nous habite sans nous consumer. Un sentiment porté comme un accessoire de mode, presque par coquetterie.

L'ombre derrière la baie vitrée se déforme. Vanessa consulte son écran de téléphone.

Ce salaud pourrait m'envoyer des SMS malgré tout.

Elle s'en veut de souffrir pour lui. Elle s'en veut de le revoir à présent dans cette piscine à l'occasion d'une de ses rares visites à la maison. Ils s'étaient baignés et embrassés dans l'eau, elle avait goûté le chlore sur sa peau, profité d'un de ses sourires, peu fréquents et changeant complètement la physionomie de son visage. Cette vaine prétention ridicule à se montrer « correct » l'avait emporté chez lui. Remangeon n'a plus voulu venir par la suite sous le toit de celui qu'il cocufie. Maudite mentalité de flic.

La légèreté s'est envolée. Derrière le vitrage dédoublé, les yeux de la maîtresse délaissée se font plus noirs et plus denses. La braise quasi permanente de sa sensualité naturelle et exacerbée subit une transmutation en sombres charbons de bourreau médiéval ou d'arracheur de dents. Le feu qui y couve n'est plus annonciateur de luxure et de feulements de plaisir mais de vengeance et de repentance, de haine sourde et fanatique.

Tu as connu la femelle et la louve, chef. Tu pourrais connaître la panthère en chasse.

Rien qu'un instant, un rayon de soleil vient s'iriser et se réfracter dans le verre épais de la porte coulissante. Rien qu'un instant, les pupilles de Vanessa Vailly paraissent s'éclaircir, se rétrécir et s'ovaliser. Deux ellipses verticales lourdes de ressentiment dans l'abîme d'un regard bestial.

Attaque

Le bruit de sa propre respiration, lourde et hachée, rythme sa marche rapide. La soif ne le quitte plus. Il a beau s'arrêter de façon fréquente pour se désaltérer, rien n'y fait. Passée la fraîcheur temporaire de ses lapées fiévreuses, les sensations de sécheresse et de contraction rocailleuse dans sa gueule et sa gorge reviennent presque aussitôt après quelques foulées, lancinantes et permanentes.

Un couinement lui échappe alors qu'il donne un coup de reins pour franchir un amas de rochers moussus. Une douleur bourdonnante s'accroche à son flanc droit et ne le quitte plus, jumelle maléfique de cette soif inextinguible qui le tourmente. Apparu sans raison, ni morsure, ni griffure, ni coup reçu à cet endroit, le foyer douloureux s'amplifie de façon presque imperceptible, passant de la gêne au point chaud, puis au cisaillement à l'effort. Même allongé à l'ombre d'un taillis, immobile, soif et douleur sont là, lui interdisant tout repos, perturbant ses cycles de digestion et de sommeil. Bientôt, la douleur l'empêchera de se retourner pour parcourir la zone de sa langue râpeuse avec lenteur, même si le réconfort obtenu est illusoire.

Il s'immobilise, les oreilles dressées. La tête haute, la truffe orientée au vent, les antérieurs tendus et verrouillés, il hume le léger mouvement d'air qui parcourt les bois. L'ombre inquiétante d'un fumet redouté plane dans ces effluves mêlés de bois sec et de résine sucrée, de chlorophylle chauffée par le soleil. L'esquisse d'un grondement pointe au creux de sa cage thoracique. À cet instant, il pourrait faire demi-tour ou les contourner, mais il reprend sa trajectoire initiale, droit sur eux, à pas mesurés et prudents, la tête basse, le regard empreint d'une haine naissante et coriace.

Ils sont trois. L'un d'eux est assis à l'écart des deux autres, sur un rocher.

Son trot léger s'accélère. Sa respiration lui résonne aux oreilles tandis qu'il ne quitte plus des yeux l'ennemi antique. Il ne comprend pas leur présence, en cette période où les louveteaux grandissent dans la chaleur du ciel des longues journées. C'est comme si la forêt les vomissait, loin de leurs cubes habituels et de leurs bruits insupportables. L'être assis sur le rocher grandit dans son champ de vision.

L'autre ne le voit pas. Créature de maléfice sans odorat ni vue, sans force ni combativité, qui ne doit sa vie qu'à sa foudre qui mord et qui déchire.

À cet instant, la souffrance et la soif se sont incarnées dans cette silhouette honnie sur le rocher. Elles disparaîtront, il en est convaincu, lorsque enfin il plantera ses crocs dans la gorge tendre et délicate de cet intrus, lorsqu'il déchirera d'un coup de tête vengeur et apaisant la grosse artère gorgée de sang tiède qui affleure sous la peau lisse et répugnante privée de pelage.

Il débouche enfin à découvert, lancé dans une course souple et puissante, boulet velu lancé par la bouche à feu de la forêt, les oreilles aplaties à l'arrière du crâne, les crocs découverts en un rictus de mort. Quelques mètres le séparent du vieil ennemi sur son fauteuil improvisé. Sa poitrine pulse au gré d'un grondement qui annonce et célèbre déjà sa victoire à venir. C'est le tambour de guerre de sa race, le chant des fauves nés de la Lune sous les frondaisons nocturnes, la mélopée des âmes sauvages. Le visage de l'Autre se déforme sous l'effet d'une brusque décharge de terreur pure et d'adrénaline glacée. Encore quatre mètres.

Sa cible tente de se redresser, livide, la bouche entrouverte sur un cri naissant. Deux mètres. Il bondit, s'envole. L'Autre n'a que le temps de bloquer l'accès à sa gorge par un avant-bras sacrifié par réflexe. Les crocs s'y plantent par dépit. Le liquide tiède envahit sa gueule en même temps que l'odeur d'urine humaine empuantit l'air. Frappée par la masse animale, la cible bascule en arrière et s'effondre en hurlant. Bien campé sur ses pattes avant, il secoue la tête de droite à gauche en grognant son plaisir, déchiquetant les chairs fragiles de ce membre débile, voulant le forcer à se retirer de la trajectoire de la gorge visée.

La foudre éclate, tonitruante et assourdissante, et des pierres sont projetées avec violence dans ses pattes. Un bref regard aux deux autres lui montre un ennemi au regard vacillant mais chargé de haine qui se penche sur le côté, comme s'il voulait poser sa tête sur son épaule. C'est le signal. Il effectue un bond de côté en relâchant sa proie et la foudre le rate à nouveau, venant frapper le sol en miaulant sa frustration tandis que son écho roule au loin dans la forêt. Il montre les crocs mais, malgré la peur qui inonde son regard, l'autre ennemi se penche à nouveau en émettant des sons incompréhensibles et hachés qui traduisent certainement sa haine et sa frustration. Un bruit métallique, une petite chose brillante et jaune qui tombe dans les cailloux. Il voudrait se jeter sur celui-ci aussi, mais il connaît le prix de la foudre, la douleur intense qu'elle inflige pendant des jours et des nuits. Lorsque la foudre parle à nouveau, il est déjà trois mètres plus loin dans un massif de fougères d'où ils ne le verront pas sortir.

Le cœur battant, la langue sortie, il reprend sa marche solitaire au plus profond des bois. Il reviendra.

Loups

Les visages des traqueurs se sont crispés. Fabrice Remangeon et Étienne de Rougemont échangent un long regard tendu. Le gendarme s'approche du lieutenant de louveterie en esquissant un large geste du bras.

– Cela venait du nord. Par là.

Même si la source de leur préoccupation n'est pas identique, les deux hommes partagent à cet instant la même frustration et le même besoin de connaître les tenants et aboutissants de ces trois détonations rapprochées qui viennent de secouer le calme de la forêt.

Rougemont demeure silencieux et pensif quelques instants, avant de dégager sa carabine de son épaule.

– OK. On va se mettre en position d'affût quinze minutes, au cas où ces tirs rabattraient les loups sur nous. Ce serait con de les voir débouler dans nos pattes sans être prêts.

Fabrice fronce les sourcils.

– Ensuite, on retrouve ces idiots au plus vite, major. Promis.

Le gendarme n'ignore pas la pression subie par le louvetier pour abattre au plus vite le trio identifié de loups en maraude, et il s'empare de son double express à son tour.

Ces abrutis sont sans doute trop excités ou trop bourrés pour penser à se dégager rapidement de la zone, ou même pour imaginer que les traqueurs risquent de leur tomber dessus avec un gendarme.

Remangeon charge son arme et Rougemont indique avec des gestes brefs les positions que chacun doit prendre le long d'une ligne d'une cinquantaine de mètres sur la crête peu prononcée d'un talus bordant une déclivité en forme de *S* aplati. Les visages sont sérieux et concentrés, les gestes simples, à peine fébriles. En deux minutes, ils ont trouvé leur place : Rougemont derrière le tronc oblique d'un chêne planté comme une lance vermoulue oubliée par un géant de jadis à mi-pente du talus, son collègue louvetier en appui sur un arbre mort couché dans un parterre de genêts, le fonctionnaire de l'ONF en bout de ligne dans les branches basses d'un sapin et Fabrice à l'autre extrémité, à genoux dans un éboulis rocheux. Son champ de tir est bon, offrant une vue bien dégagée sur une vaste cuvette où les arbres sont distants les uns des autres et les taillis peu nombreux.

C'est désormais l'instant précieux et spécifique de l'attente, ce moment qui s'égrène avec la lenteur d'une torture savante mais où tout reste possible. Ces instants où l'imagination et le désir se mêlent, où les proies se matérialisent dans le champ de tir, où chaque tireur peut les voir courir à lui par telle ou telle coulée, tel passage jugé favorable à la bête. L'instant où le tireur épaule et abat sa cible sans coup férir, l'instant où l'on sent déjà les tapes dans le dos, les regards de connivence ou de jalousie. L'instant terrible où le destin personnel de chacun et l'antique déesse de la chasse vont se défier dans une partie de dés.

Les premières minutes sont aisées, soutenues par l'adrénaline, puis l'attention finit par baisser au rythme des limites mentales et physiologiques des tireurs. Fabrice sait que c'est là où il ne faut pas flancher, que le moindre défaut dans sa concentration pourrait être funeste. Un simple détournement du regard, une brève distraction dans le spectacle d'un merle qui piète ou d'un écureuil qui se lance dans des acrobaties sylvestres, et la proie attendue pourrait déjà être sur lui, précipitant les gestes et la visée, offrant une échappatoire inespérée à la cible mouvante.

Les minutes s'écoulent sans que la forêt daigne cracher le moindre loup et Remangeon jette des coups d'œil attentifs et brefs au directeur de chasse sur sa droite, dans l'attente de l'autorisation de cesser l'affût.

La première détonation le surprend, elle vient de l'extrémité opposée de la ligne. Le gars de la brigade Loup. Il se concentre sur son champ de tir, y cherchant la silhouette dégingandée d'un canidé sauvage. Le groupe a pu se séparer.

Nouveau coup de feu, qui lui semble un peu plus rapproché. Peut-être le second lieutenant de louveterie. Une troisième détonation retentit à l'autre bout de la crête, qu'il attribue de façon presque certaine au fonctionnaire de l'ONF. Le gendarme se demande si ces agents sont des bons tireurs tandis que son regard balaie de droite à gauche avec lenteur le panorama stérile de la vaste cuvette, ses yeux noirs réduits à deux meurtrières. Les dés ont roulé en sa défaveur, aujourd'hui.

Le silence retombe sur la forêt. Rougemont réceptionne des signaux de son collègue et se tourne vers Remangeon en s'écartant de la diagonale noueuse de son chêne. Il lui fait signe du bras de s'approcher avant de décharger son arme. Lorsque Fabrice le rejoint, il observe le relâchement dans les traits du lieutenant de louveterie, ainsi que la pointe scintillante de la satisfaction au fond de son œil.

– Dutertre en a eu un, apparemment.

Ils marchent à pas pressés le long de la crête, récupérant le collègue trapu de Rougemont au passage. La pression est retombée au profit de la curiosité et les regards cherchent la silhouette de l'agent de l'ONF et de sa prise. Le tireur a quitté son poste pour se tenir debout, trente mètres plus loin, couvant sans doute son loup du regard et de sa stature, comme s'il craignait que quelque entité ne lui dérobe ou revendique la paternité du drame qui vient de se jouer, la mort qu'il vient de faire frapper.

Les chasseurs sont les auxiliaires zélés de la Faucheuse, ne peut s'empêcher de penser à cet instant le gendarme. La masse pesante du MR73 porté dans un étui de poitrine sous sa veste vient se rappeler à lui, et le questionner sur la nature de son propre zèle, et sur l'identité du maître qu'il sert en tant que gendarme. L'ordre et la justice ? L'État ? La Constitution ? Le statu quo de la ploutocratie ?

Pourquoi cette question, ici et maintenant ?

Les quatre traqueurs se regroupent au-dessus de la forme inerte allongée au sol. L'impact du tir n'est pas décelable dans le foisonnement du pelage au camaïeu de gris mais un voile vitreux a déjà embrumé le regard du loup. Comme toujours, le gibier paraît plus petit, plus chétif, une fois mort. L'esprit et la grâce de l'animal ont déjà quitté ce qui n'est plus qu'une dépouille triste et hirsute. Rougemont s'accroupit et se penche sur la bête, découvre ses crocs, soupèse sa tête, parcourt les poils de ses doigts épais. Il met au jour l'orifice d'entrée du projectile.

– Joli tir, Dutertre.

Les autres regards convergent vers l'agent de la brigade Loup, dont les joues rosissent. Il en profite pour annoncer qu'il a sans doute touché un second loup, à vingt mètres de celui-ci, avant que l'animal ne plonge dans un roncier.

Les traqueurs gagnent la zone indiquée par le fonctionnaire et ne tardent pas à identifier plusieurs projections sanglantes sur le feuillage. Le lieutenant de louveterie s'attarde sur la mousse rosâtre qui constelle la feuille large et ovale d'une haute graminée sauvage, la fait rouler entre ses doigts, avant de conclure :

– Atteinte aux poumons.

Son collègue hoche la tête.

– Dommage qu'on ait pas de chien de rouge… Il n'ira sans doute pas très loin.

Rougemont se permet un sourire.

– Eh bien, messieurs, on dirait que la chance était avec nous ce soir.

Remangeon lance un œil goguenard en direction du nord.

– Pour peu que nos pieds nickelés aient abattu le troisième, on pourra rentrer chez nous.

Sa remarque tombe à plat dans l'euphorie contenue du succès rencontré mais il s'en moque. Le gendarme ne tient pas à s'attarder dans les bois et ressent un besoin croissant, et de plus en plus urgent, de se pencher sur les fils emmêlés de sa vie et sur ses relations personnelles placées sous l'ombre grandissante d'un mauvais pressentiment.

Vengeances

Yann Kémeneur s'est arrêté un instant, prêtant l'oreille au triple écho qu'il a capté en provenance de l'extérieur de son atelier. La poussière conséquente du lieu joue dans les rais de lumière qui éclairent la pièce encombrée depuis la haute fenêtre à abattant sur sa gauche, vers laquelle son visage s'est tourné par réflexe. Les lourdes détonations perçues ne prêtent guère à confusion quant à leur origine. *Des coups de feu. Des carabines. Les loups…*

La femme agenouillée devant lui s'agite en silence, lui lançant un rappel corporel ou émettant une discrète protestation. Le regard de l'agriculteur revient au postérieur blanc et dénudé de sa visiteuse. Un arrière-train généreux, plein et rebondi de quadragénaire ménopausée, mais encore lisse, non défiguré par les vergetures. Il observe d'un œil presque distrait le fouillis poivre et sel de son pubis qui s'y presse, la base de son membre qui disparaît dans l'ombre de l'entrejambe féminin offert à sa saillie rudimentaire. Le Breton en exil raffermit la prise de ses mains calleuses sur les hanches élastiques de sa maîtresse d'un jour, avant de reprendre son mouvement de va-et-vient. Il a senti son érection faiblir, non sans une certaine inquiétude, avec cette nouvelle distraction venue du dehors. Par-delà les épaules voûtées de sa partenaire, c'est le spectre ricanant de la vieillesse sénile et impotente qui danse devant ses yeux dans son atelier. Gigue ridicule, déprimante, macabre.

Je ne suis pas si vieux, bordel !

À moins que ce ne soit autre chose.

La peur ?

Elle l'avait prise dans sa bouche, agenouillée sur sa vieille brouette aux planches disjointes. Yann avait constaté avec horreur que, malgré son application studieuse, la femme avait dû se contenter de suçoter pendant plusieurs minutes un sexe mollasson et réfractaire. Le cœur de l'agriculteur s'était accéléré avec son degré de mortification, gagné par un début de panique au constat d'une telle déconfiture. Comme si l'autre l'humiliait à nouveau par personne interposée. Fermant les yeux dans une incantation muette au dieu capricieux de la virilité, Kémeneur avait fini par emplir cette bouche humide à la langue agile d'un volume acceptable, avant de poser une main autoritaire sur la tête de sa partenaire.

Les loups.

Les échos de cette traque haïssable en cours dans les bois derrière son exploitation tournent en boucle dans sa tête. Il donne des coups de reins plus marqués, plus secs, tandis que les traits de son visage se crispent. Elle gémit à peine, rien qu'un souffle rauque qui couvre quelques instants le clapotis humide de leur coït dans la tiédeur sèche. L'agriculteur accélère encore mais un sentiment frustrant d'inefficacité ou de futilité le gagne. Il balaie du regard le corps cambré de sa partenaire sur la brouette. Frappé d'indécision, il se retire brusquement, le regard vague et perdu, le sexe gras et luisant à l'horizontale. Un silence s'abat sur l'atelier. Elle ne dit rien, se contente de lever la tête en l'orientant légèrement de côté, attendant la suite. Kémeneur vient se coller à elle de nouveau, un poing serré à la base de son membre, le pouce calé sous l'extrémité. Elle comprend son intention mais ne proteste pas quand l'ogive de chair se présente à l'entrée de cette nouvelle voie qu'il se propose d'investir.

Les doigts de la femme s'écartent sur les planches grises et usées, garnies d'échardes. Ses genoux commencent à lui faire mal en dépit de la vieille couverture que son amant a consenti à placer sur la brouette hors d'âge, au métal oxydé, au caoutchouc des pneumatiques durci et craquelé. Elle ferme les yeux sous les assauts sans tendresse de l'agriculteur, essayant d'imaginer autre chose que ce décor d'étagères mal rangées et d'outils poussiéreux pour ce rapport envisagé avec une certaine anxiété depuis plusieurs jours. Elle n'avait pas pensé qu'il pourrait se dérouler ainsi, d'une façon aussi triviale, et qu'elle irait jusqu'à le laisser la sodomiser dans sa grange comme la dernière des filles de ferme.

Cette pensée humiliante fait courir en elle une décharge électrique, à mi-chemin entre plaisir et douleur. Sa haine n'en est que décuplée.

Lorsque Kémeneur s'affale sur son dos après quelques minutes pour propulser quelques centimètres cubes disparates de sa semence collante au fond de son bas-ventre en soufflant, il ne voit pas la brillance humide dans les yeux de sa partenaire, au bord des larmes. Elle le laisse se retirer puis se reculotter, comme figée dans sa levrette soumise, avant de se retourner en silence pour relever sa culotte et sa jupe, et reboutonner son chemisier. Elle ne veut pas porter le regard sur le visage de Kémeneur, sachant trop bien qu'elle n'y lira que la satisfaction vulgaire et autosuffisante du mâle repu qui n'a rien d'autre à lui donner. Comme ils n'ont rien de particulier à ajouter une fois l'acte revanchard consommé, elle le quitte rapidement après de brèves salutations, le laissant reprendre son souffle. Il reste seul dans l'atelier, où flottent encore quelques minutes les odeurs lourdes et désormais écœurantes de leurs fluides mêlés par-dessus le fond terreux du sol et la douceur rance de la moisissure des vieux murs. L'agriculteur pense à Remangeon et un vil sourire de victoire par contumace déforme le coin de sa bouche.

La femme aspire une grande bouffée d'air une fois dehors. La tête lui tourne tandis qu'elle traverse la cour où picorent quelques poules peu intéressées par sa présence. Un chien haut sur pattes, au pelage long et touffu d'un gris-brun mal défini, s'approche d'elle à pas lents. L'animal se contente de l'observer avec un air placide, arrêté à trois bons mètres, humant vaguement l'air. Kémeneur l'a appelé Titus à son arrivée, si elle se souvient bien. La visiteuse a l'impression que l'instant en question date déjà de plusieurs jours. Une fois dans sa voiture, la portière tirée sur elle, la femme adultère demeure quelques instants immobile, les doigts aux ongles vernis de ce matin sur le volant. Delphine finit par lever un regard hésitant et honteux en direction de son rétroviseur central. Par-delà le maquillage inhabituel autour de ses yeux bleus qui efface un peu les pattes-d'oie, malgré le *blush* sur ses joues qui atténue le côté rustique et trop juvénile à son goût de ses taches de rousseur, elle remarque surtout la lueur de déconfiture mortelle qui noie son regard.

Regarde, Fabrice Remangeon. Regarde ce que tu as fait de moi.

Messages

Fabrice Remangeon passe une main lasse sur son visage fripé. Un geste mécanique qui n'a pas le pouvoir de le débarrasser de la fatigue qui s'accumule en lui. *J'ai passé l'âge de faire du camping, bordel.* Assis à même le sol devant sa toile de tente aux plis impeccables, le gendarme observe ses compagnons de traque. Ils affichent tous une mine qu'il pense être semblable à la sienne. Après une nuit sur des tapis de sol inconfortables, le petit matin est cruel pour ces hommes dont le plus jeune, l'agent de la brigade Loup, ne doit pas avoir moins de trente-cinq ans. Un silence mâtiné de méchante humeur règne sur leur bivouac, le café chauffe dans le seul bruissement du réchaud à gaz.

Un signal de son téléphone lui fait retirer l'appareil de sa veste de treillis entrouverte. Le militaire constate qu'une faible connexion réseau est disponible à cet instant, et a permis la réception de plusieurs textos. Outre un message de Delphine et deux de Vanessa, il lit rapidement une note de Freysse qui lui apprend que le père de Maëva Daumois a été admis aux urgences de Romorantin la veille, pour des morsures importantes à l'avant-bras. L'interne de garde a fait le rapprochement entre le nom de famille répété dans les médias et les circonstances de la mort de la fille qui ont défrayé les chroniques. Interpellé par cette coïncidence, il a préféré appeler la gendarmerie. La BR, peu concernée par ces nouveaux éléments, a fait suivre mollement.

Ainsi donc, ces crétins se sont fait attaquer hier… Freysse ne parle pas de loup blessé ou tué. Il en reste donc au moins un.

Le major constate qu'il n'a aucun message de l'adjudant de Freitas daté de la veille. Il lui a pourtant demandé un bref rapport d'activité journalier, quitte à ne pas pouvoir le consulter immédiatement. C'est le premier manquement aussi caractérisé de la part de son subalterne. *Pourtant, avec cette hospitalisation, de Freitas ne pourra pas arguer qu'il n'avait rien à me rapporter.* Le Solognot fronce les sourcils, surpris par cette rébellion passive chez l'adjudant. Le dernier message, en provenance d'un numéro inconnu, ne fait rien pour endiguer la sourde vague de colère qui monte en lui :

« Y cours les bois, le loup-garou. Y ferais mieux de surveiller sa femme. Elle a vu le loup, la coquine. On dirait qu'elle aime bien ça l'andouille de Guémené. »

Les dents serrées, Fabrice essaie de se convaincre des mille raisons qui devraient le pousser à négliger ce genre de mouchardage médisant, sans doute inventé de toutes pièces. Un détail accapare toutefois son attention et tourne vite en boucle dans sa tête. *L'andouille de Guémené*. La charcuterie originaire de Vire est bien plus connue que celle du Morbihan, et l'orthographe de la localité bretonne n'a pas été maltraitée en dépit des fautes contenues ailleurs dans le message. Son expéditeur a sans doute fait l'effort de se renseigner à ce sujet. *Preuve de l'importance de ce passage de son point de vue.*

Yann Kémeneur… C'est à la connaissance de Fabrice le seul Breton d'origine disposant d'un tant soit peu de notoriété dans le canton. Le visage tendu et le teint pâle, Remangeon range son téléphone avant de relever la tête. Il a beau essayer de dissimuler son trouble, les lieutenants de louveterie et l'agent de l'ONF ne tardent pas à remarquer sa mâchoire crispée et son regard noir fixé dans le vague.

Yann Kémeneur. Si l'image de Delphine le trahissant n'a rien d'agréable, celle qui la lui montre s'offrant à l'agriculteur lui est insupportable. Le visage rond et vivant du militant animalier, avec son sourire goguenard accroché à sa face de faux ahuri et d'authentique provocateur, s'impose à lui. S'il y a un amant vers lequel Delphine aurait pu se tourner pour l'humilier, c'est bien Kémeneur, qui incarne pour le Solognot tout ce qu'il pense ne pas être et ne pas apprécier ni estimer. Remangeon n'a pas souvenir d'avoir tant parlé que ça à la maison de l'agriculteur, mais comment savoir avec son épouse, désormais, avec cette distance qui s'est instaurée entre eux ? *Ce ne peut être un hasard.*

Fabrice se lève avec brusquerie et maladresse. Ce manque de maîtrise inhabituel chez lui et son activité fébrile qui en découle poussent Étienne de Rougemont à s'approcher du gendarme, visiblement en train de ranger ses affaires pour lever le camp.

– Qu'est-ce qui se passe, major ?

Fabrice ne lui adresse qu'un bref regard, que l'autre juge plutôt désincarné et ailleurs.

– Je dois y aller. Une urgence.

– Vous nous quittez ?

Remangeon se contente de hocher la tête en fourrant son duvet neuf dans son sac à dos avec une rage contenue.

– Mais, et les loups ?

Fabrice se redresse pour dévisager le louvetier. Plusieurs réponses traversent son esprit confus, avant qu'il ne lâche avec froideur qu'il n'en reste sans doute plus qu'un.

– C'est justement une opportunité à ne pas manquer…

– Vous êtes bien assez de trois.

Rougemont ne peut cacher sa déception, ou ne cherche pas à le faire, mais le gendarme s'est muré en lui-même et se moque bien de ce que peut ressentir le directeur de la traque à cet instant. Quelques minutes plus tard, Fabrice se présente au trio regroupé plus loin, sac et carabine sur le dos, pour leur dire au revoir.

– La brigade m'a informé que le père de

la victime a été mordu au bras et admis aux urgences. Méfiez-vous de celui qui reste. C'est potentiellement celui que vous cherchez. Celui qui a attaqué la petite Daumois.

– Rien ne le prouve.

C'est l'agent de la brigade Loup, dont le regard vient défier celui du gendarme quelques secondes. Le ressentiment est palpable au sein du trio et la réflexion de Dutertre n'en est qu'un symptôme.

– Non, rien ne le prouve. Ce qui n'empêche pas d'être prudent.

Fabrice ne tient pas à prolonger cet instant qui souligne sa défection. Le lieutenant de louveterie pourrait très bien s'en plaindre auprès du préfet, mais comme il n'a pas reçu d'ordres formalisés quant au contenu ou à la durée de l'opération, le major sait que sa hiérarchie devra se contenter de récriminations orales. Menace qui ne pèse rien face à la colère souterraine qui le mine, face à cette violence qui l'appelle en susurrant les mots doux de la vengeance au creux de ses oreilles. Il tourne les talons, et sa silhouette martiale est vite absorbée par la forêt.

– J'aurais pas cru ça de lui, commente le fonctionnaire de l'ONF. Nous laisser tomber comme ça…

Étienne de Rougemont fixe l'endroit où le militaire s'est fondu dans les ombres sylvestres. Il a senti que quelque chose n'allait pas, que l'urgence évoquée par le chef de brigade n'était qu'un prétexte, mais la rapidité du départ de Remangeon et son manque d'autorité formelle sur lui l'ont laissé impuissant. Il pensait tenir une victoire avec l'abattage des deux loups, et plier bagage en fin de journée avec de quoi calmer les ardeurs populaires et préfectorales, mais cette nouvelle attaque sur le père de la victime vient jeter une ombre sur son tableau trop vite esquissé.

Il nous faut ce troisième loup, désormais.

Sortant de sa réserve habituelle, son second commente d'un ton plat :

– S'il est seul, il risque de se montrer très méfiant.

– Oui, poursuit l'agent de l'ONF. Et s'il se sent menacé ou qu'il a peur, il pourrait être encore plus agressif.

Étienne de Rougemont observe ses compagnons de traque. L'espace d'un court moment, l'homme se demande si ses compagnons parlent du dernier loup ou de Fabrice Remangeon.

Poursuite(s)

Fabrice s'est arrêté quelques instants pour s'asseoir sur une souche et prendre le temps de poser sa boussole sur une carte IGN au quinze millième. Après une brève prise de mesure digitale, le militaire calcule mentalement que l'exploitation de Kémeneur est éloignée de quinze cents à dix-huit cents mètres de sa position actuelle. Il analyse la fin de son itinéraire : au-delà de deux courbes de niveau ascendantes restantes s'étend un plateau de quelques centaines de mètres qui débouche à l'est sur une longue descente, jusqu'à un large vallon évasé marqué de quelques structures humaines regroupées autour d'une route départementale. L'exploitation agricole du militant animalier. Pour y accéder, le militaire va devoir quitter la forêt pour gagner la frange du massif forestier, la bordure extérieure du sauvage qui vient se confronter à l'anthroposphère, si bien incarnée par cette unité agro-industrielle qu'est le méthaniseur. Remangeon replie sa carte pour la ranger dans l'une des poches latérales de son sac à dos.

Il rempoche sa boussole dans sa veste de treillis d'un air absent et ferme les yeux.

La proximité du but se manifeste chez lui par un calme qui n'est qu'apparent. Au fond de son être, tout n'est que bouillonnement indistinct, pulsions contrariées, désir d'action, souhait de changement brutal, de radicalité. *Les mains calleuses de Kémeneur sur les cuisses blanches de Delphine. Le sourire moqueur, libidineux et revanchard de l'agriculteur à son encontre.* La trahison de son épouse n'est plus une simple potentialité suggérée par un message anonyme, mais une certitude absolue, une plaie déjà profonde et cuisante, un filet de sang amer et discontinu dans la veine palpitante de son ego.

La mousse qui est présente en abondance sur la souche dégage une forte odeur qui n'est plus celle, caractéristique, du sous-bois, mais celle de la décomposition, de la lente corruption humide et spongieuse appelée à ronger toute chose, tout être, et in fine toute tentative d'organisation biologique. Une brève réminiscence de sa transe sylvestre au sortir du Gas-de-Bruyère, avec cette végétation fongique anarchique et envahissante qui le couvrait peu à peu, s'impose à nouveau à lui. Il comprend à présent que c'est sa lutte permanente contre l'entropie, fût-elle sociétale ou personnelle, qu'il entrevoyait là, et une sourde angoisse lui creuse l'estomac à l'idée d'une possible défaite.

Remangeon se lève et bascule son sac sur son dos, faisant danser la carabine double express.

Une main distraite vient palper la bosse du MR73 dans son étui sous son épaule gauche. Il pense à Kémeneur. *Vais-je le frapper ? Le menacer ? Le tuer ?* Il chasse ces questions gênantes de son esprit et reprend sa marche d'un pas assuré. Il ne lui faut qu'une quinzaine de minutes pour franchir le dénivelé positif restant, avant de gagner un plateau sableux, constellé de pins et de bouleaux. La marche y est souple et agréable mais le vent faible soulève par moments des effluves intermittents désagréables, non naturels. Odeur d'œuf gâté. De soufre. *Le méthaniseur.*

L'usine de biogaz est encore à près d'un kilomètre mais le gendarme découvre bientôt sur sa gauche une vaste clairière ayant servi de zone d'épandage pirate, un marécage malodorant marqué par des ornières profondes d'engins agricoles. *Le digestat évoqué par Huchet.* L'endroit ressemble au déversoir d'une fosse septique, mais d'innombrables débris végétaux surnagent dans les boues grisâtres de surface, en lieu et place des débris rosâtres de papier toilette ou des masses indistinctes d'étrons semi-phagocytés par les enzymes anaérobies auxquels on aurait pu s'attendre.

Remangeon balaie la vaste rizière chimique, qui s'étend sur un hectare peut-être, de son regard sombre. Il se remémore sa discussion avec le renégat du CNRS, le besoin important de surfaces d'épandage que requièrent les unités de production de méthane.

Le gendarme reprend son cheminement, identifiant de nouvelles ornières orientées dans le sens de la pente, dans la direction de l'exploitation de Yann Kémeneur. Après cinq minutes, il s'arrête pour observer aux jumelles les constructions encore lointaines du méthaniseur. Fabrice cherche avec fébrilité la silhouette frisée et méprisée dans son champ de vision grossi artificiellement. En vain. Tout semble calme, voire désert, chez l'agriculteur. Aucun mouvement, aucun déplacement d'engin, aucune trace de présence humaine. Le gendarme range ses optiques et reprend sa marche dans la pente douce qui mène chez le Breton, désormais partagée entre prairie panachée de fleurs sauvages et boqueteaux de hêtres et de chênes de moyenne taille.

*

Il s'est couché à l'ombre, accablé de toutes parts, la langue pendante. Avec une régularité presque métronomique, il émet un bref couinement plaintif qui trahit ses multiples souffrances, soupape illusoire qui ne calme ni ses douleurs lombaires ni sa soif. Le monde n'est plus qu'un vaste bourdonnement agressif qui rebondit à l'intérieur de son crâne et entre ses oreilles, jusqu'à masquer les bruits naturels de la forêt. Une lourde fatigue l'engourdit, autant nerveuse que physique. Accumulation de distances erratiques et de mauvaises siestes peuplées de visions déformées, entrecoupées de réveils brusques, de douleurs fulgurantes inexplicables. La réalité s'effiloche, échappe désormais à son instinct, à ses réflexes, à ses acquis. Magma inintelligible de sensations.

Ses oreilles se dressent malgré tout. *Quelque chose approche*. Figé dans l'attente, ses yeux jaunes fixés devant lui, le gros loup regarde passer l'ennemi archaïque à une dizaine de mètres. L'Autre ne semble pas le chercher et disparaît bientôt, sans l'avoir repéré. *L'ennemi. L'ennemi. L'ennemi.* Ce mantra est suffisant pour lui octroyer un peu d'énergie, pour le forcer à aller puiser une nouvelle fois à la source d'une vieille colère débordante de rage et de ressentiment.

L'animal se lève en grognant, la tête basse, le regard par en dessous. Il fait un pas, puis deux, et se coule dans les traces de l'humain qui marche, cinquante mètres devant lui. À cet instant, le loup est prêt à tout, et résolu à subir la foudre de l'ennemi, sa morsure cruelle, plutôt que de continuer à endurer le vrombissement funeste et débilitant qu'est devenue la somme de ses perceptions et de son environnement.

*

Les battements de son cœur enregistrent une embardée alors que la silhouette canine se détache un instant sous le réticule de sa lunette de visée. C'est bien un loup, et de grande taille. *De très grande taille*. L'animal marche la tête basse, comme s'il suivait une piste, ou subissait le poids d'un lourd fardeau. *Peut-être un mélange des deux*. Gérald bloque sa respiration et tente de centrer les fils ténus de la croix de son optique sur la poitrine de sa cible mais le grossissement est important et le champ de tir médiocre, entrecoupé des formes floues que sont les nombreux arbres entre lui et le loup, qui finit par disparaître en totalité, hors de sa vue.

L'animal descend en direction de la ferme de Kémeneur, ce qui ne surprend pas Morlaix au vu de sa récente découverte aux abords de l'exploitation. *Salopard d'écolo*. Il jette sa carabine sur son épaule, rajuste son sac à dos et se lance à son tour dans la pente douce qui mène au méthaniseur. Le père et l'oncle de Maëva ont renoncé, *tout ça pour quelques morsures*, mais il ira jusqu'au bout. Gérald se félicite intérieurement pour sa patience et sa clairvoyance tandis qu'il prend en diagonale pour essayer de couper la route au grand loup, qu'il imagine déjà mort et couché sur le flanc dans l'herbe de la prairie sauvage. Il pourra se prendre en selfie avec la carcasse, *Et les autres n'auront plus qu'à la boucler ! Tous autant qu'ils sont*.

Déflagration

Un bruit dans son dos ou un pressentiment. Fabrice se retourne brusquement alors que le groupe de bâtiments du méthaniseur n'est plus qu'à deux cents mètres devant lui. Un loup énorme et hirsute marche droit sur lui. L'espace d'un bref instant, l'homme capte l'éclat du regard animal en dépit de son port de tête très bas, comme si la masse de la tête vissée sur un cou imposant lui pesait trop. *Une lueur de meurtre, de sombre résolution.* L'animal semble ne plus avoir la force de courir, mais sa marche rapide et régulière l'a déjà placé à moins de trente mètres sur les arrières du gendarme. *Trop près pour s'emparer du double express et l'utiliser.*

Fabrice affaisse son épaule pour laisser glisser sac à dos et carabine dans l'herbe. *Vingt mètres.* Sa main tâtonne sur sa poitrine, ses doigts s'emparent de la fermeture éclair. *Quinze mètres.* Ses doigts font sauter le bouton-pression de l'étui en cuir et se raffermissent sur la crosse du Manurhin. *Dix mètres.* Le revolver est pointé en direction de l'animal. Le militaire cherche à aligner hausse et guidon sous la gueule du fauve. *Cinq mètres*. L'animal s'élance et un coup de feu déchire le silence des alentours.

*

Gérald Morlaix lève la tête, saisi par l'écho de la détonation toute proche. Il attend avec fébrilité quelques secondes un éventuel redoublement du tir, mais un silence absolu retombe tout autour de lui. *Jamais Kémeneur ne tirerait sur un loup*… Interloqué, le traqueur solitaire reprend sa course, hésitant entre urgence à découvrir ce tireur non identifié et prudence nécessaire face à une situation imprévue. D'un geste machinal, il pousse le levier de culasse pour armer sa carabine pendant que son index vient se poser, tendu, sur le pontet. Sa respiration lourde et hachée de buveur et de fumeur résonne à ses oreilles, tandis que ses bottes martèlent la terre meuble dans les froissements de son pantalon.

*

Yann Kémeneur a interrompu sa soudure en cours pour lever la tête, les sens aux aguets derrière l'écran énigmatique de son masque de protection. *Un coup de feu. Sur l'exploitation*. La détonation l'a surpris et il n'est pas certain de la direction exacte du tir, mais l'agriculteur est convaincu de la proximité de l'incident. Il reste quelques instants interdit, presque paralysé, à l'idée qu'un intrus se trouve chez lui, sur ses terres, et que celui-ci se permette même de faire le coup de feu en pleine journée. *Un braco ?* Sa décision de retirer son exploitation de l'association communale de chasse n'est jamais vraiment passée auprès des locaux, mais ils se sont abstenus jusqu'ici de telles provocations.

Les loups. Une brusque décharge d'adrénaline le traverse. *Un salopard qui tire sur les loups.* La torche de soudage s'éteint en chuintant. Kémeneur la jette sans ménagement sur la vieille table qui lui servait d'établi pour sa réparation, où elle est vite suivie du masque fumé. Il se tourne en direction des étagères encombrées dans son dos. Se baissant légèrement en tendant le bras et en grimaçant entre deux racks où sont posés divers tubes et matériaux, il cherche du bout des doigts la surface familière des canons juxtaposés de son vieux calibre douze. *Les cartouches sont là aussi, quelque part dans une boîte de biscuits sous la fenêtre à battant.*

Affrontement(s)

L'odeur du fauve est insupportable, presque autant que la douleur fulgurante qui tente de s'emparer de lui. *Tu l'as raté, putain. Tu l'as raté.* Fabrice a basculé en arrière sous le poids de l'animal. Son revolver est tombé, quelque part dans l'herbe. Le loup s'acharne sur sa main en secouant la tête, les pattes avant solidement ancrées dans la terre. *Il va me l'arracher.* La souffrance atteint un point débilitant et Remangeon comprend qu'il est à la limite de perdre connaissance, de laisser l'animal prendre le dessus. L'espace d'un étrange instant où le temps se suspend, il se laisse aller à cette éventualité. *Ne serait-ce finalement pas plus simple ?*

Le Solognot se détend, sa tête et son buste à la renverse. Il se recroqueville puis sa jambe gauche se détend et l'extrémité de sa ranger vient heurter le flanc du loup. Une attaque vicieuse, où l'homme a convoqué toutes ses forces disponibles. Une côte se brise sous l'impact, l'animal émet un couinement plaintif tandis que l'étau mortifère et infernal de sa gueule ensanglantée se relâche. Sans réfléchir,

Fabrice enchaîne avec un direct du gauche dans le museau du loup, le forçant à reculer de deux pas, plus sous l'effet de la surprise qu'en réaction à ce coup assez maladroit. L'homme replie son bras blessé sur son ventre tout en reculant sur son postérieur avec précipitation dans l'herbe, ses bottes chassant la terre, ses yeux cherchant la masse métallique du revolver tandis que le sac à dos et la carabine semblent désormais hors de portée.

Le loup se jette à nouveau sur lui mais Remangeon a eu le temps de replier ses genoux sur sa poitrine. D'un coup de reins désespéré, il parvient à projeter maladroitement l'animal dans les airs, juste avant que celui-ci ne lui déchire la gorge. Nouveau couinement et nouveau volte-face du fauve, dont le regard trouble évoque celui d'une bête en proie à une grande souffrance, ou sous l'emprise d'une forte sédation.

Homme et animal s'observent en reprenant leur souffle un bref instant, puis le gros loup se tasse subitement sur ses reins en fermant les yeux. Une nouvelle détonation est venue interrompre la lutte à mort. Fabrice découvre en tournant la tête que Gérald Morlaix se trouve à quinze mètres de lui sur sa droite. L'autre est essoufflé, ses joues creuses rosies par l'effort qu'il vient de produire. Sa main droite actionne le levier d'une carabine à verrou bon marché. Une douille vide est éjectée. Le chômeur épaule son arme, met en joue l'animal qui s'est mis à glapir à plusieurs reprises et à s'agiter sur place, une vertèbre lombaire brisée par la première balle.

– Nooonn !

Remangeon et Morlaix détournent leur attention en direction du nouveau venu. Le loup tente de se dresser sur ses pattes avant, l'arrière-train paralysé par l'onde de choc, le cerveau figé temporairement par la douleur qui inonde et sature ses synapses. Ses yeux jaunes s'ouvrent à nouveau sur le gendarme, assis dans l'herbe, à sa portée. Celui-ci se penche sur le côté et s'empare d'un objet noir qu'il brandit à bout de bras en direction de l'agriculteur qui vient d'arriver, un fusil de chasse dans les mains. Morlaix ignore Kémeneur et se penche à nouveau sur sa crosse, alignant ses organes de visée sur le crâne du loup. Le regard du gendarme va de Kémeneur à Morlaix puis au loup. *Pris au milieu d'un foutu triangle de la mort*. Remangeon crie d'une voix faible :

– Lâchez vos armes, bordel !

Le canon du MR73 se balance avec maladresse au bout de son poing gauche, hésitant sur la cible à menacer. Le militaire jette un œil sur le loup et réalise que celui-ci prépare une nouvelle attaque en dépit de sa blessure.

– Morlaix, lâche cette carabine ! hurle de son côté l'agriculteur, qui tient désormais le chômeur en joue.

Ils sont dingues. Gérald ignore l'avertissement et lâche une deuxième balle. Celle-ci passe en vrombissant et en déplaçant une masse d'air sensible à proximité du militaire, avant d'aller s'écraser contre un tronc d'arbre dans le dos du fauve. *Ce con l'a raté*. Livide, Fabrice est abasourdi par la maladresse de Morlaix, tandis que le Breton hurle un nouveau « Nooonn ! » qu'aucun des deux autres ne semble vouloir remarquer. Poussant sur ses pattes avant dans un effort titanesque, le loup tente de marcher pour se rapprocher de Fabrice. Morlaix éjecte sa douille tiède. Remangeon se lève en grimaçant en surveillant l'animal du coin de l'œil, le bas de sa veste et son pantalon de treillis noircis par le sang qui coule de son bras blessé replié contre son abdomen. Le gendarme titube et effectue trois ou quatre pas de côté qui l'éloignent du loup et lui permettent d'embrasser du regard l'ensemble de la scène. Le revolver se lève avec mollesse, pointe sur Morlaix puis sur Kémeneur en tremblant, autant par l'effet de l'utilisation de sa main gauche que sous l'influence de la douleur.

– Lâchez vos armes, c'est ma dernière sommation…

La fin de la phrase du militaire se perd dans le long grognement sourd émis alors par le loup blessé, entre rage absolue et souffrance indicible, sa tête dodelinant à plusieurs reprises. Le canon de la carabine de Morlaix se dresse à nouveau, cherchant de sa gueule noire la silhouette du fauve.

– Nooonn !

Après deux ou trois pas en avant, l'agriculteur se penche à son tour sur la crosse de son fusil. Kémeneur vise ouvertement Morlaix, qui l'ignore complètement et lui offre son profil, concentré sur son prochain tir qu'il espère être le coup de grâce. Les yeux du gendarme s'arrondissent sous l'effet de la stupeur et de l'urgence lorsqu'il voit la main du Breton se refermer sur le pontet de son fusil. L'index se pose sur la queue de détente. L'extrémité pulpeuse du doigt commence à blanchir sous l'effet de la pression exercée.

– Kémen...

La détonation est sèche. L'agriculteur se ramasse sur lui-même en tournant et s'effondre. Morlaix a sursauté, il jette un œil morne à Remangeon, à son revolver, puis à la forme humaine tassée dans l'herbe à quinze mètres, avant de revenir au loup. Celui-ci a progressé de deux mètres en direction de Fabrice dans un effort terrible et pathétique. La moitié de sa tête est emportée dans une gerbe de sang, de cervelle et d'esquilles d'os sous l'effet de la troisième balle de carabine. La carcasse velue s'effondre à son tour dans l'herbe cassante de la prairie. Satisfait, le tireur éjecte sa dernière douille et ferme les yeux. *La petite est vengée.*

Abasourdi, à demi plié en deux par la douleur qui pulse depuis son bras mutilé, le revolver pendant au bout de son bras gauche, Fabrice observe avec effarement l'absolu foutoir que présente la scène. Morlaix le fixe avec insistance après avoir ramassé sa douille victorieuse, un rictus à peine perceptible déformant le coin de sa bouche. *Je t'emmerde, Remangeon !* semble lui crier le chômeur par-delà le silence terrible qui est retombé sur l'exploitation, tandis que l'odeur de poudre brûlée se mêle aux relents souffreteux de l'usine de gaz.

Secours

– Reste tranquille. Sinon tu vas te vider de ton sang.

Fabrice lance un regard morne, épuisé, à Morlaix. Il n'a pu que constater l'absence de pouls et le décès de Kémeneur pendant que le tireur se prenait en photo avec la carcasse du loup. Remangeon a appelé les secours sur son téléphone d'une main gauche tremblante. Sa balle est entrée sous l'aisselle du Breton et lui a traversé la cage thoracique, emportant à sa sortie débris de côtes et muscles par un cercle de douze centimètres de diamètre. Le cœur a probablement été réduit à l'état de lambeaux ou sectionné en deux. Inutile d'essayer de prodiguer les moindres premiers secours à ce cadavre dont les yeux morts fixent l'herbe de ce qui fut sa propriété.

Mes doigts, bordel.

La tête du gendarme lui tourne tandis qu'il pivote sur lui-même, à genoux dans l'herbe, la main gauche balayant les touffes jaunies, les trèfles cassants et les fleurs sauvages dont certains pétales sont constellés de minuscules gouttelettes de sang, le sien ou celui du loup, il ne sait pas trop. Fabrice a extirpé un T-shirt de son sac à dos pour s'en faire un pansement de fortune qui emmaillote sa main blessée. Le tissu s'est gorgé de sang à une vitesse qui lui semble inquiétante.

Il me faudrait un garrot...

Ses forces commencent à lui faire défaut. Pâle et frappé de stupeur, Remangeon finit par s'immobiliser puis s'asseoir. *Mes doigts, putain.*

Morlaix a déchargé son arme avant de la remettre à son épaule, le long d'un petit sac à dos usé et délavé qui ressemble à un sac de lycéen. Il s'est allumé une cigarette et s'approche du gendarme.

– Si j'avais su que c'était toi, je l'aurais laissé te deviander avant de l'abattre.

Remangeon lève la tête avec difficulté sur son interlocuteur. Il remarque le voile opaque dans son regard. *L'alcool. Il a bu.*

– Maëva.

– Quoi, Maëva ? Occupe-toi de ton cul, Remangeon. C'est pas tes affaires, putain. De toute façon, c'est fini. Je l'ai vengée.

Le chômeur indique le loup d'un coup sec du menton. Fabrice enregistre mentalement le « Je l'ai vengée » et les implications d'une telle affirmation.

– Qu'est-ce que tu foutais avec elle ?

Gérald consent à un rire bref et méprisant.

– Pas ce que tu crois, en tout cas.

Un battement lent, régulier et sourd leur fait lever la tête. Ce mouvement accentue le malaise et le vertige du gendarme, qui se laisse aller en arrière pour s'allonger sur le dos, la poupée sanglante de son bras sur le ventre, source d'une douleur qui irradie jusque dans son épaule et tout son côté droit. Il ferme les yeux quelques instants, tenté par l'abandon, par l'appel d'un sommeil libérateur dont il pourrait ne pas s'éveiller. Lorsqu'il les rouvre, il distingue la forme sombre et lointaine d'un hélicoptère dans le ciel parsemé de traînées blanches. Bourdon métallique dont le bruit lui parvient de façon décalée et atténuée. L'appareil sort de son champ de vision. Il n'a plus la force de tourner la tête. Les lourds battements des pales de l'appareil ne le quittent plus et semblent se synchroniser avec les battements de son cœur, soulignant le lien de dépendance entre sa survie potentielle et l'arrivée de l'appareil.

– Voilà la cavalerie, Remangeon.

Le froid commentaire de Morlaix lui parvient d'une zone qu'il n'est plus en mesure de localiser. Fabrice cligne des yeux à plusieurs reprises. L'hélicoptère est de nouveau dans son champ de vision, beaucoup plus gros, beaucoup plus proche.

Désunions

– Je ne couperai pas à la commission de réforme.

Le brigadier observe son supérieur sans marquer d'émotion particulière, même si son regard s'attarde quelques instants sur le pansement qui couvre la main et une partie de l'avant-bras de Fabrice Remangeon. Freysse jette ensuite un œil machinal au-dehors, à travers les stores à demi baissés de la large fenêtre de la chambre du major. Il revient au Solognot, et celui-ci n'est pas en mesure de lire autre chose sur le visage de son visiteur qu'une froide confirmation. *Silence vaut acceptation.* Le jeune gendarme indique la potence à perfusion d'un mouvement de tête.

– Ils vont vous laisser ça encore combien de temps ?

– Peut-être quarante-huit heures. Ils veulent être sûrs de circonscrire tout risque d'infection. On passera ensuite aux antibios en comprimés.

Freysse hoche la tête. Après quelques instants, il annonce d'une voix calme :

– J'ai terminé les investigations au sujet de Gérald Morlaix.

– Oui ?

À quoi bon, à présent ?

– Il s'avère que Maëva Daumois était une excellente élève. Une littéraire en devenir. En élargissant l'enquête de proximité, j'ai trouvé une de ses amies, une certaine Jordana Dumorelle, qui a témoigné avoir vu Maëva utiliser récemment et à plusieurs reprises des billets de vingt euros pliés dans le sens de la longueur, ce qui l'avait étonnée puisque la seule personne dans le coin, selon ladite Jordana, qui plie ses billets ainsi est un petit trafiquant de cannabis du collège. Or, Mlle Dumorelle est certaine que Maëva ne consommait aucun stupéfiant et n'avait aucun rapport avec le jeune en question. En revanche, en recoupant ce témoignage avec les listes d'appels de Morlaix, il est apparu que l'utilisation de ces billets par Maëva correspondait assez bien au début de sa relation avec celui-ci. Une vérification auprès du patron du bistrot m'a confirmé que Morlaix l'avait réglé à plusieurs reprises avec de tels billets pour ses consommations ou son tabac.

Remangeon fronce les sourcils en se repositionnant dans son lit défait, dont il a remonté la partie haute au maximum.

– Morlaix la payait ? Pourquoi ?

– Je suis allé voir le père. Sa relation avec Morlaix m'a paru étrange, leur soudaine proximité au sujet de ces chasses improvisées... Je lui ai un peu mis la pression à ce sujet, et il a fini par avouer que Maëva donnait des cours à Morlaix. Elle l'aidait à apprendre à mieux lire et mieux écrire, lui faisait réviser son code de la route. Elle avait demandé à son père s'il était d'accord et si c'était légal de se faire payer pour avoir un peu d'argent de poche.

– Pourquoi ne pas nous en avoir parlé plus tôt ?

– Il craignait que le village ne déforme la situation, et que tout le monde raconte qu'il vendait sa fille à Morlaix…

Face à la mine peu convaincue du major, Freysse renchérit :

– C'est ce que nous avons fait, non ? Soupçonner d'abord une relation contre nature. Une forme de coercition…

Remangeon soutient le regard de son subalterne, sachant bien que c'est là une remise en question polie de son entêtement à suspecter Morlaix. Fabrice voudrait lui expliquer, encore une fois, que son commanditaire, quelle que soit l'affaire à démêler, reste la victime, et pas leur hiérarchie, ni la pression politique ou populaire, et encore moins une quelconque aspiration dévoyée et instrumentalisée à une « Justice ». Ce qu'il a entrepris, les soupçons qu'il a nourris, c'était pour Maëva, dont la mémoire exigeait de ne rien négliger. *Parce que c'est toujours la victime que l'on doit servir*, c'est pour cela que Remangeon a choisi cette vocation et cet engagement. Et même si finalement Gérald Morlaix s'est révélé n'être rien qu'*un pauvre type*, et pas un assassin. Fabrice n'a toutefois plus la force ou l'envie de se défendre, ou de paraître se justifier, et le Solognot finit même par baisser la tête en songeant aux similitudes qui apparaissent au bout du compte entre lui et Morlaix : leur origine locale, leur milieu familial modeste, leur volonté à s'extirper d'une situation qu'ils refusent... *Avec la honte comme moteur initial.* Le brigadier coupe le flux de ces pensées culpabilisantes :

– Quant à sa haine pour Yann Kémeneur, et les « écolos » en général, j'ai découvert que Morlaix avait voulu tenter sa chance dans l'élevage plus ou moins légal de chiens. Il avait déclaré une activité d'autoentrepreneur il y a trois ans à ce sujet. Kémeneur l'a emmerdé et l'a dénoncé pour mauvais traitements. Morlaix s'est fait confisquer plusieurs chiots et a perdu quelques centaines d'euros dans l'affaire, qui a vite tourné court.

Fabrice hoche la tête en silence, le regard verrouillé sur le brigadier. Malgré l'amertume générée par sa situation, le major ne peut s'empêcher de ressentir de la fierté pour le travail de formation qu'il a effectué avec ce jeune collègue depuis son intégration dans la brigade.

– Bravo, Freysse... J'ai toujours su que tu ferais un bon gendarme.

Un voile rose léger monte aux joues du brigadier, colorisant de façon inhabituelle son visage émacié de chat maigre et pâlichon.

– J'espère que de Freitas ne t'emmerdera pas trop à présent...

Ce n'est pas tant la méchanceté de l'adjudant que Fabrice redoute, mais l'influence que Geretz pourrait avoir sur lui. Derrière une apparence posée, la jeune femme est capable d'une mesquinerie prononcée, et elle a toujours été plus ou moins jalouse de Freysse, du sérieux, de la rigueur et de l'implication qu'il lui renvoyait en négatif, comme dans un miroir. Avec le départ du major, le brigadier pourrait vite se retrouver dans une situation délicate, entre mise au placard par l'adjudant et dénigrement permanent de sa collègue.

– Ne vous inquiétez pas, major. J'ai été à bonne école. Je saurai rendre les coups.

Les deux hommes échangent un bref sourire de connivence, interrompu par un cognement sur la porte de la chambre. Fabrice n'a pas le temps d'articuler un « Oui » que celle-ci s'ouvre sur Delphine. Son épouse jette un œil sur le brigadier en uniforme, puis sur Fabrice dans le lit. Bien qu'elle tente d'afficher un air neutre, une certaine tension est vite palpable entre les deux époux, et le jeune gendarme ne tarde pas à se lever et à leur dire au revoir.

Delphine dépose un lot de feuilles imprimées et agrafées sur la table étroite placée sous la fenêtre avant de prendre place sur le fauteuil encore tiède destiné aux visiteurs. Fabrice lui trouve un air changé, même s'il ne remarque rien de particulier dans son maquillage, sa coupe de cheveux ou sa tenue, un de ses vieux jeans habituels et un chemisier blanc qu'il est presque sûr de connaître. Comme sa femme ne paraît pas vouloir entamer la conversation par une phase préliminaire au sujet de sa santé, ou par un simple bonjour, il montre le dossier sur la table.

– Qu'est-ce que c'est ?

– Le dossier de saisine du juge aux affaires familiales. Pour le divorce.

Elle lui laisse encaisser le coup dans un silence qui se prolonge. Il scrute son visage, son maintien assez raide, plusieurs émotions contradictoires se bousculant en lui.

– Alors, on en est là ?

Les yeux clairs de son épouse se braquent sur lui, animés d'une lueur qui oscille entre colère et malveillance.

– Bien sûr que nous en sommes là. Qu'est-ce que tu crois ? Tu me prends pour qui ?

Remangeon baisse les yeux sur son pansement. Il a perdu l'index, l'annulaire et le majeur de sa main droite. Sa main directrice. Les chirurgiens n'ont rien pu faire, si ce n'est retirer deux phalanges résiduelles broyées et lui poser cinquante-trois points de suture répartis sur la main, le poignet et l'avant-bras. Une triple amputation qui annonce son éviction définitive de la gendarmerie pour inaptitude professionnelle. *Et maintenant un divorce.* Il lève les yeux sur Delphine. L'absence calculée de sentiments ou d'émotions sur ce visage familier, intime, est plus cruelle encore que la haine ou le ressentiment.

– Tu l'as assassiné, Fabrice. Tu l'as tué parce que j'ai couché avec lui. Et tu ne seras jamais ni poursuivi ni puni pour cela.

Les yeux noirs du Solognot se rétrécissent. *Elle veut divorcer à cause de Kémeneur, et non de Vanessa ?!*

– Morlaix a témoigné. Il a confirmé que j'ai effectué les sommations d'usage. Il allait tirer.

Delphine secoue la tête, comme si elle tentait de se débarrasser en s'ébrouant du mépris profond qu'elle nourrit désormais à l'encontre de cet homme.

– Des sommations... C'est tout ce qui t'autorise ou te retient d'abattre ton prochain, Fabrice ? Des sommations ?

– C'est la loi ! On m'a investi de la violence légitime. Pas Kémeneur.

Delphine produit une moue qui affiche son désaccord profond en même temps que son manque d'intérêt pour ce type d'arguments. Un sourire agrémenté d'une triste méchanceté étire ses lèvres fines.

– Tu es un meurtrier, Fabrice Remangeon. Tes dénégations n'y changeront rien. Un salaud infidèle doublé d'un assassin.

Chassé-croisé

Seule dans l'ascenseur qui la ramène au rez-de-chaussée, Delphine constate qu'elle ne se sent pas aussi mal qu'elle l'aurait cru, ou craint. Elle a décidé qu'il n'était plus l'heure des faux-semblants, et il serait illusoire de prétendre à une libération : *Ce mariage reste un échec cuisant.* L'éleveuse est toutefois envahie d'un sentiment apaisé de devoir accompli, de corvée menée à son terme. Elle n'a pas réussi à se libérer de son amour pour Fabrice, le constatant une fois de plus dans cette chambre d'hôpital. Celui-ci est désormais trop ancien, trop enraciné et trop lié à sa jeunesse, trop fondateur dans son parcours affectif par le manque permanent qu'il n'a cessé de creuser en elle pendant des décennies, jusqu'à faire fusionner la cause et la conséquence, lui faisant accepter l'une pour l'autre et chérir les deux. À défaut, et puisqu'il n'y avait plus d'autre issue en dehors de l'humiliation permanente, solution possible mais finalement rejetée, Delphine a su en faire un motif de haine à peu près acceptable. *C'est déjà pas si mal.*

Arrivée à mi-chemin du vaste hall semi-circulaire, ses yeux clairs repèrent sa rivale qui vient en sens inverse. Une vague glacée parcourt ses veines, ses pas ralentissent, accusant le coup. Delphine doit produire un effort conjoint de volonté et de motricité pour ne pas s'arrêter en plein milieu de l'espace ouvert, ou pour ne pas simplement se jeter en travers de la trajectoire de Vanessa Vailly pour l'invectiver et lui arracher les yeux. La maîtresse de Fabrice ne l'a pas reconnue – *Mais connaît-elle seulement mon visage ?* – et les deux femmes se croisent, le regard de Delphine se forçant à ne pas la dévisager, à ne pas attirer son attention.

Après quelques mètres, l'éleveuse ne peut s'empêcher malgré tout de jeter un œil sombre et mauvais sur le dos de la femme du concessionnaire, dont les talons résonnent sur les larges dalles du hall, comme si *cette garce* n'avait même pas le respect du silence minimal imposé par le lieu.

Avalée par l'ascenseur à son tour, Vanessa est soustraite au regard de Delphine, qui reprend son chemin en direction de la sortie et des zones de stationnement, emplie de ressentiment et de colère face au culot supposé de la Manouche. *Comment ose-t-elle ? J'aurais pu me trouver encore dans la chambre*... Elle pense à Fabrice et aux messages que les deux ont dû s'échanger au cours de la journée, peut-être même quelques minutes seulement avant son arrivée. *A-t-il autorisé cette visite ?*

Dans l'ascenseur, Vanessa laisse son regard vagabonder sur l'indicateur lumineux d'étage, qui passe du deuxième – où se trouve la chambre de Fabrice Remangeon – au troisième. Lorsque les portes s'ouvrent, la visiteuse fait quelques pas en direction d'un croisement de couloirs avant de prendre la direction de l'unité de soins intensifs. Après avoir franchi deux portes coupe-feu, dont l'une précise que l'accès est désormais réservé au personnel autorisé et aux familles proches, la brune avance dans un couloir étroit à l'éclairage artificiel agressif. Le linoléum de cette partie du bâtiment amortit l'écho de ses talons et une forte odeur de produits désinfectants a imprégné les murs, chargeant en permanence l'atmosphère d'une amertume chimique qui monte à la tête et irrite les sens.

Vanessa finit par s'arrêter derrière une large baie vitrée. Son visage reste neutre tandis que ses yeux marron se fixent sur la silhouette inerte qui est allongée de profil dans le lit face à elle, équipée sur son visage d'une bride plastique d'où part la tubulure qui la relie au ventilateur mécanique la maintenant en vie. Après quelques minutes où le silence pesant régnant dans le couloir est à peine perturbé par l'écho ténu du dispositif dans la chambre du patient, Vanessa quitte la baie d'observation pour gagner le poste des infirmières un peu plus loin. Une grande brune en sort pour venir à sa rencontre et lui annoncer après l'avoir saluée qu'il n'y a rien de nouveau dans la situation de son mari. Patrick Vailly a été victime d'un AVC massif suivi d'un double arrêt cardiaque, et son épouse a été prévenue que les chances d'une sortie de coma sont proches du néant et seraient de toute façon accompagnées de séquelles majeures, jusqu'à la perte d'autonomie totale et la réduction des capacités cérébrales à celles d'un nourrisson.

La femme du concessionnaire extirpe une lettre de son sac à main avant de la montrer à l'infirmière, mais sans que son geste permette à celle-ci de déduire que la visiteuse souhaite lui remettre le document. Ce bref flottement est interrompu par Vanessa :

– Ce sont les directives anticipées de Patrick.

Face au silence poli et assez insondable de son interlocutrice, la visiteuse poursuit :

– J'en ai parlé au docteur Hichab, lors de ma dernière visite.

L'infirmière acquiesce, son regard baissé sur la lettre cachetée. Lorsque ses yeux gris remontent au niveau de ceux de Vanessa, les deux femmes se jaugent. L'infirmière devine le contenu de ces directives, qui ne peuvent que signifier un refus d'être maintenu artificiellement en vie, faute de quoi l'épouse ne ressentirait pas le besoin de les produire dans la situation actuelle. Ce n'est pas le cas le plus courant, il arrive plus souvent que des familles de patients ignorent sciemment des directives similaires de leur part par égoïsme ou crainte de se retrouver seules et démunies, ou par un espoir démesuré que la retenue dialectique de médecins un peu trop lâches a laissé croître de façon irrationnelle. L'infirmière, une certaine Élodie à en croire son badge, sait que le geste et la démarche ne manquent pas de courage et sa main vient se poser sur celle de Vanessa.

– Venez, nous allons voir si le docteur est disponible. Vous savez que, quelle qu'elle soit, la décision finale appartiendra aux médecins ?

Vanessa se redresse, gonflant sans le vouloir sa poitrine serrée par la veste de tailleur, et adresse à l'infirmière un regard qui ressemble à un défi, comme chaque fois que quiconque aspire à se mettre en travers de son chemin ou à contrecarrer ses entreprises. Les mains des deux femmes se séparent par un mouvement sec du coude de la visiteuse.

Éviction

Elle s'est présentée à lui comme si elle voulait le séduire à nouveau, plus joueuse et aguicheuse que jamais. Vêtue d'une nuisette noire et vaporeuse fendue sur le devant au-dessus d'une culotte garçonne en élastomère et polyamide pour salle de sport qu'on peine à imaginer autrement que comme le lieu de séances torrides, Vanessa toise son visiteur depuis le pas de sa porte, une moue boudeuse et ironique sur ses lèvres ourlées. Surpris par la tenue déshabillée à cette heure de la matinée alors que sa visite n'était pas annoncée mais vite captif de l'animalité dégagée par sa maîtresse, Fabrice n'a pas été en mesure de briser le long silence qui s'est insinué entre eux, et qui ne semble nullement la déranger tandis que la paire d'yeux bruns soulignés d'un trait épais de crayon noir décortique le gendarme, venu dans une tenue de sport décontractée, une valise à ses pieds et un sac sur le dos.

Vanessa fixe un long instant la main mutilée de son visiteur, le dessus de cette paume large et carrée qui avait pris l'habitude de courir sur sa peau et où il manque désormais trois doigts, laissant un vide qui cicatrise peu à peu entre un pouce et un auriculaire voués à l'impuissance. Remangeon n'est pas encore habitué à la curiosité souvent indiscrète que cause son infirmité, et à laquelle il devra désormais faire face. Sa main handicapée est marquée par des tressaillements et une hésitation. Il voudrait la soustraire à la vue de Vanessa, la cacher, et doit lutter contre un sentiment de honte dont il rejette en même temps la légitimité.

Les fines bretelles de la nuisette offrent au regard masculin l'occasion de voir à nouveau le cou, la gorge et les épaules dénudées de la maîtresse de maison, au bronzage homogène et sans défaut. Celui-ci est entretenu avec soin par des séances régulières d'exposition autour de sa piscine, rehaussant ainsi le grain d'une peau naturellement sombre et qu'une hydratation patiente et soignée rend capiteuse sans même qu'on ait besoin de l'effleurer pour vérifier. L'homme s'attarde sur la poitrine, dont une grande partie reste visible dans la large échancrure de la lingerie de nuit. Fabrice a du mal à détacher son regard noir du profond sillon entre les seins volumineux, dont il connaît et apprécie la lourdeur et la texture, et qui est pour l'heure souligné du nœud d'un ruban de soie. Il lui suffirait de tirer sur l'une des extrémités pour ouvrir complètement la nuisette, et libérer cette paire de seins arrogante dont les tétons et les aréoles larges et granuleuses se laissent deviner sous les arabesques florales de la pièce en dentelle évanescente qui constitue la partie haute de la lingerie. Une chaleur et une tension envahissent le bas-ventre du Solognot alors qu'il apprécie la largeur des hanches sous le ventre à peine bombé de la quadragénaire, la pente de son pubis sous le shorty, la musculature de ses cuisses, la régularité et la symétrie de ses genoux étroits jusqu'à la forme harmonieuse de ses pieds dans les tongs en plastique noir, en accord avec la nuisette et la culotte. Les doigts de pied sont courts et fins, la ligne du pied grec parfaite, et il n'a pas souvenir de l'avoir déjà vue avec un vernis écaillé sur les ongles.

Plus que la plastique avantageuse, et au-delà de sa mise en scène, l'amant entrevoit à cet instant ce qui fait la spécificité de cette femme, et qu'il ne pourrait qualifier autrement que du terme « résonance ». Vanessa est belle, mais sans que sa beauté sorte réellement du cadre de la normalité pour devenir exceptionnelle. Elle est bandante aussi, mais des centaines de milliers de jeunes femmes le sont désormais, partout et à toute heure, dans une exposition spectaculaire globalisée de chair narcissique déballée en offrande numérique à la divinité racoleuse du Soi. Si Vanessa se distingue, c'est par l'intensité muette qu'elle dégage lorsqu'on est en sa présence, une pulsation silencieuse difficile à définir mais systématiquement détectée. Une forme de rayonnement qui n'est pas de l'ordre du charisme mais de la physique des corps, de l'alchimie des phéromones et des antagonismes sexués. Pénétrer son cercle intime revient à franchir la zone d'exclusion d'un réacteur nucléaire fuyard pour s'exposer au danger d'une mort invisible en parfaite connaissance de cause. *Son étreinte ne saurait être autre que toxique.*

Fabrice mesure l'insistance de son regard sur le corps de sa maîtresse. Il n'en éprouve aucune gêne ni aucun remords, il sait qu'elle ne s'en formalisera pas et qu'elle apprécie d'être vue et désirée avant d'être possédée, mais le visiteur sait aussi qu'il s'expose ainsi à une répartie moqueuse. Pourtant, lorsque la voix chaude et éraillée de Vanessa finit par briser le silence après avoir remarqué son début d'érection, ce n'est pas pour le tancer mais pour lui poser une question :

– C'est quoi, cette valise ?

Les traits de Remangeon se tendent. Il croit, ou tente de croire, à une plaisanterie, mais l'expression de Vanessa ne laisse que peu de place au doute. *Elle est sérieuse.* La brune croise les bras sous sa poitrine, provoquant une contradiction entre ce geste corporel de fermeture à l'autre et l'invitation de son décolleté ouvert. Elle se penche sur le côté et appuie une épaule nue et dorée contre le montant de la porte d'entrée, dans une attitude qui pourrait montrer que sa patience arrive à son terme et qu'elle consent à vouloir l'écouter encore quelques instants, même si tout ceci ne présente guère d'intérêt pour elle. Envahi par un sentiment grandissant de mortification, Fabrice entame une phrase qu'il ne parvient pas à terminer :

– Puisque tu es seule désormais, j'ai cru…

Les yeux de la brune s'agrandissent.

– Tu as cru ? Tu as cru quoi ? Que tu allais venir t'installer chez moi alors que Patrick a été enterré il y a moins de quinze jours ?!

Remangeon reste figé dans un mutisme obtus. *Comme si elle en avait quoi que ce soit à faire, du qu'en-dira-t-on…* Vanessa patiente quelques instants mais, face à l'absence de réponse, elle lui lance que son veuvage lui convient parfaitement et qu'elle n'a pas du tout l'intention de se remarier un jour.

À nouveau, le manque d'à-propos de ces mots plonge Fabrice dans une profonde confusion teintée de la conscience du ridicule grandissant de la situation. Il jette un regard nerveux autour de lui et dans l'allée, se retient à grand-peine de ne pas vérifier derrière lui si personne ne les observe depuis la rue. La confusion vire à la sidération lorsque sans un autre mot, sans même une méchanceté ou une insulte, la porte se referme sur lui avec une certaine violence. Le Solognot reste seul, avec sa valise à ses pieds et son sac sur le dos, face à la porte d'entrée, réalisant avec difficulté que sa maîtresse vient de le congédier comme un vulgaire démarcheur à domicile en relation adultérine venu lui proposer un peu d'affection bon marché dont elle n'aurait que faire, et dont la proposition maladroite ne saurait bénéficier de plus de deux ou trois minutes de son attention.

L'humiliation est si cuisante qu'il se voit un instant défoncer la porte à coups de pied avant de la rattraper dans son couloir pour la gifler, lui arracher cette nuisette de putain et se repaître de ce corps dont elle est si fière. La vision s'estompe et disparaît avec sa volonté en berne. Remangeon baisse la tête, son regard s'accrochant sans le vouloir à cette main mutilée posée gauchement contre la jambière de son pantalon de survêtement. Il a reçu la veille sa convocation à la commission de réforme. *Ils n'ont pas traîné.* La décision de la commission ne fait aucun doute tant le handicap est avéré. Chaque geste du quotidien doit être réappris, sa main gauche sollicitée en permanence à se reconvertir rapidement au milieu de frustrations et de maladresses qui ne cessent de s'accumuler. Il a beau rejeter dans un coin de son esprit la liste des activités qui seront désormais hors de sa portée, il sait déjà qu'il va devoir vendre le side-car, devenu impilotable, et acquérir une automobile à boîte de vitesses automatique tant le jonglage au volant de sa voiture se révèle désormais fastidieux et dangereux. Entre autres choses.

Il ne sera plus gendarme dans quelques semaines. La lente prise de conscience de cet état de fait a fini par se frayer un chemin dans son esprit lors des derniers jours écoulés, provoquant au plus profond de lui une brisure qu'il sait irrémédiable, et qui ne saurait trouver aucune compensation. Depuis la réception de sa convocation, il est plongé dans une forme d'apnée mentale où il retiendrait un long cri de révolte et de rage. Un cri d'effroi aussi, une plainte lugubre et enfouie, comme la vengeance posthume de Yann Kémeneur.

Parias

– Eh bien… Un peu plus, on se faisait rincer !

Gaëtan Huchet lui adresse un regard amusé depuis son fauteuil roulant, sa barbe et ses longs cheveux bouclés constellés de froides gouttelettes scintillantes, comme s'il avait voulu les rehausser de paillettes un soir de fantasque réveillon. Fabrice referme la baie vitrée de sa main gauche et contemple un instant les effets de la forte averse qui s'abat sur la terrasse. Le martèlement méthodique de l'eau sur la table d'extérieur et sur les larges dalles aux formes irrégulières a quelque chose d'apaisant, vu depuis l'abri feutré du salon. L'orage est arrivé très vite, balayant en quelques minutes le soleil paresseux de l'été indien, amenant avec sa pluie dense un air froid annonciateur d'automne et de fin définitive de la belle saison.

Le Solognot est tenté un instant de ressortir se planter au milieu de la terrasse pour laisser ces grandes eaux célestes le laver de toutes les frustrations accumulées depuis plusieurs semaines. Les gouttes qui frapperaient son front auraient peut-être le pouvoir de purger son esprit, d'en lessiver toutes les amertumes et toutes les désillusions.

Des bruits de vaisselle détournent son attention et le gendarme déchu se retourne sur l'universitaire qui remplit à nouveau leurs verres d'un excellent vin de Touraine sorti de sa cave pléthorique.

– Allez, Remangeon, à la nôtre !

Gaëtan lève son verre et le vide d'un trait, avant de faire claquer sa langue contre son palais. Le verre vide est brandi à nouveau tandis que Fabrice vient s'asseoir sans enthousiasme.

– À la santé des parias ! Aux jouets brisés, Remangeon. À nous, les éclopés dont la société n'attend plus rien. À nous qui pouvons crever en silence dans l'indifférence de notre absence de performance...

Fabrice porte le verre à ses lèvres, son regard noir posé sur les jambes quasi vides du pantalon de son interlocuteur, puis sur sa main atrophiée. Il refuse pour l'instant de porter une prothèse. *Perte de temps purement esthétique.*

– J'imagine qu'en tant qu'ancien sous-officier de gendarmerie je devrais pouvoir me faire embaucher assez facilement comme responsable sécurité dans pas mal de boîtes. Il leur faut des quotas de travailleurs handicapés désormais...

Huchet lève un sourcil ironique.

– Je ne parle pas d'une chose aussi triviale qu'un emploi... Je parle de ta place dans la société. Du regard véritable des autres sur toi. De ce qu'ils pensent vraiment de nous, au fond d'eux.

Fabrice vide son verre en trois gorgées. Il pense

à l'enchaînement des faits qui se sont produits depuis sa dernière rencontre avec l'universitaire, à l'improbabilité de ce qui est arrivé, depuis ce loup jusqu'à la perte de ses doigts en passant par la mort de Kémeneur et l'implosion de sa vie privée aboutissant à son double rejet, par sa femme et par sa maîtresse. Il n'est pas encore certain de savoir quelle défection fut la plus humiliante pour lui : la trahison vengeresse et le divorce demandé par Delphine ou la rebuffade théâtrale de Vanessa. *Jusqu'à picoler avec ce type à demi cinglé sous une pluie battante. Seuls et loin de tout. Entre infirmes.*

– D'après toi, docteur, quelle était la probabilité pour que tout cela arrive ?

Huchet ignore l'allusion ironique à son doctorat, ainsi que l'amertume globale du ton de son visiteur.

– Tu tournes en rond. On en revient à notre première discussion. Quelle était la probabilité à ma naissance que je contracte la poliomyélite au Pakistan ? Quelle était la probabilité que tu sois un jour radié de la gendarmerie à cause d'une morsure de loup ? Quelle était la probabilité que ce loup soit porteur d'un fragment de météorite ? Les faits n'ont pas à être expliqués. Ils sont ce qu'ils sont. Les probabilités ne sont que de la masturbation mathématique. Le probable ou l'improbable sont des abstractions prétentieuses de l'esprit humain.

La vision du cercueil plombé dans lequel a été enfermée la dépouille du loup chez le vétérinaire ressurgit en Fabrice. En ouvrant l'animal, le praticien avait découvert une masse tumorale le long de la colonne vertébrale. Elle abritait un fragment minéral inhabituel, aux reflets irisés, d'une densité élevée. Après l'avoir longuement manipulé, photographié et laissé sur sa paillasse, le vétérinaire avait été pris de maux de tête et de nausées, sans qu'il établisse de lien entre ce caillou et les symptômes ressentis. Un ami avait attiré son attention sur le fait qu'il pouvait s'agir d'une roche extraterrestre. Aussi saugrenu que cela puisse paraître, c'était bien le cas, et le morceau de météorite avait même fait réagir un compteur Geiger au laboratoire géologique où le vétérinaire l'avait finalement expédié. Le taux de radioactivité n'était pas alarmant, mais la carcasse du loup avait été placée dans un cercueil plombé avant d'être envoyée à l'incinération. Là aussi, Fabrice avait été frustré dans sa volonté de voir une dernière fois l'animal responsable de sa blessure, de sa fin de carrière, se contentant du rapport du vétérinaire et de cette boîte anonyme.

Face à l'air désorienté et taciturne de son compagnon d'un soir, Huchet poursuit :

– Réjouis-toi, mon ami ! Ton destin est celui d'un héros antique : mutilé lors d'un duel titanesque par une bête féroce ayant avalé un fragment d'étoile… Je suis jaloux. C'est digne d'un Achille, d'un Hercule, d'un Siegfried ! Tu es un demi-dieu, Remangeon, et qu'importe si notre époque est trop stupide et trop vulgaire pour le réaliser… Sais-tu que la tradition envisage le Graal non comme une coupe en or, cette méchante interprétation de sac à vin chrétien reclus dans son monastère médiéval plein de toiles d'araignées, mais comme un minerai magique, un joyau tombé de la couronne de Lucifer avant sa chute ? C'est le Porteur de Lumière lui-même qui t'a désigné !

Le Solognot adresse un regard fatigué à l'universitaire, qui se sert un nouveau verre de vin. Son bavardage à l'érudition fantaisiste ne l'amuse plus. Plus grand-chose ne le distrait, ni ne l'intéresse d'ailleurs. Il est venu avec l'intention de demander à Huchet de l'héberger quelques jours, mais il se félicite de ne pas avoir encore abordé le sujet. Fabrice comprend qu'il lui serait impossible de supporter l'autre et ses frasques monomaniaques du réveil au coucher. Il ferme les yeux. Il n'entrevoit aucune dimension positive ou éducative, et encore moins mythologique, à sa rencontre finale avec ce loup, sans doute rendu à demi fou par les souffrances endurées à cause de sa tumeur dorsale et de la radioactivité latente qui le rongeait peu à peu. Le lieu avait été plutôt décidé par Kémeneur, dont on a découvert qu'il avait créé des zones de nourrissage pour les loups sur son exploitation, peut-être pour faire bonne mesure avec ses zones d'épandage illégales.

Quant au combat, Fabrice n'en conserve aucun souvenir épique. Rien que de la peur et de l'improvisation sur fond de drame.

Cela s'est passé si vite.

Il regarde la pluie tomber au-dehors. La luminosité a fortement baissé, précipitant l'arrivée de la nuit.

Retrouvailles

Son dos la fait souffrir et elle s'est arrêtée quelques instants pour souffler et pour essayer de détendre le point de crispation qui la lance derrière l'épaule. Elle observe les alentours, écoute la légère brise qui agite les branches en lisière des vastes étendues de bruyère. Elle aime quand le soir lui murmure ainsi ses propos énigmatiques dans une langue qu'elle imagine oubliée. La nuit va tomber et déjà les formes lointaines se font moins distinctes alors que la lumière du début d'automne décline rapidement. La fraîcheur tombe vite avec la fin du jour, la femme tire sur son gilet pour le reboutonner d'une main distraite. Elle constate que la fonte de la poignée de la pompe à bras chauffée par les derniers ensoleillements timides de septembre s'est déjà refroidie lorsqu'elle la reprend en main. Le grincement de la pompe résonne à nouveau. Le bec orné d'une gueule animale fantastique propulse l'eau glacée dans le bidon alimentaire de dix litres.

Elle croit d'abord à une illusion d'optique. Un mirage temporaire, spécifique à cet instant particulier entre chien et loup, où l'imagination et la fatigue de la journée vous jouent des tours. La forêt a craché une silhouette, une forme humaine. Marie s'arrête à nouveau et se redresse en se tenant les reins. Il ne s'agit pas d'une illusion née du contraste et de l'alternance clair-obscur des lointains troncs gris : la forme humaine se maintient dans son champ de vision, la démarche se confirme. D'autres à sa place pourraient ressentir une légère anxiété et vouloir rentrer dans leur ferme sans tarder, chercher au moins un refuge sur le seuil de leur maison, là où l'on pourrait mieux voir ce visiteur du soir à l'aune d'une ampoule électrique, mais l'aînée des sœurs Leleu se contente d'attendre en silence que l'homme la rejoigne. Celui-ci ne se presse pas, venant à elle d'un pas constant et sans urgence, comme si son apparition subite à cette heure était naturelle. Il s'arrête à quelques mètres de la fontaine manuelle et ils échangent un long regard curieux, dénué de méfiance. Aucun signe de réjouissance excessive chez l'un ou chez l'autre non plus.

– Tu as besoin d'un coup de main ?

La femme se détend et fait jouer sa nuque en fermant les yeux.

– C'est pas de refus.

Il vient prendre sa place derrière la pompe. Le grincement s'élève à nouveau dans le crépuscule, plus énergique malgré l'usage de la main gauche. Marie remarque le sac sur le dos de Fabrice. Une fois le bidon plein, il le ferme avec soin et le porte dans la brouette, aux côtés du premier déjà rempli par la femme. Elle passe rapidement sur la main mutilée pour verrouiller son regard dans le sien.

– Alors, ça y est ? Tu as ravalé ta fierté ?

Entre eux, entre fils et filles de la forêt, il n'y a pas de faux-semblants. Remangeon sait qu'il n'y a que peu de méchanceté dans les propos de Marie, aussi le visiteur se contente-t-il de hocher la tête en silence, avant de s'emparer des bras de la brouette. Il doit déporter la majorité du poids sur sa main gauche tant sa prise à droite est difficile, mais la femme vient l'aider d'une main tout en marchant à ses côtés. Elle lui adresse un sourire dans la semi-obscurité, geste simple pour lui indiquer que cela n'a pas d'importance. Le grincement plus ténu de la roue de la brouette se substitue à celui de la pompe à bras. Marie Leleu pense à sa sœur à la maison.

Gisèle va être tellement contente.

L'heure du loup

Il n'a pas pris le temps de fermer les volets de la chambre d'ami au moment de se coucher, la fatigue l'ayant cueilli en quelques minutes et aussitôt plongé dans un sommeil sans remords.

La clarté d'une lune presque pleine inonde la pièce, baignant le drap froissé et leurs corps dénudés d'une luminescence d'argent pâle. Fabrice est assis à la tête du lit, adossé contre le mur où perce la fraîcheur de la pierre sous la couche de papier peint démodé. Les yeux grands ouverts dans la pénombre laiteuse, le Solognot semble perdu dans ses pensées, le visage débarrassé pour la première fois depuis longtemps de toute trace de tension, sa respiration calme rythmant la quiétude de l'instant. Sa jambe droite est relevée et son genou supporte sa main blessée que Gisèle caresse du bout des doigts, un air sérieux et appliqué sur son visage figé à une époque antérieure et indéfinissable de sa vie. Elle s'est pressée contre lui comme si elle cherchait à se fondre dans la masse masculine, à fusionner leurs corps, alors que de l'autre côté la présence de Marie se fait moins pressante.

Les genoux repliés sous elle, elle limite le contact à un avant-bras posé avec nonchalance sur l'épaule de Fabrice, à l'extrémité d'un sein contre son flanc et à quelques centimètres carrés de sa cuisse contre la sienne. Ses doigts jouent dans sa chevelure tandis que son regard vagabonde sur le torse de Remangeon où quelques gouttelettes de sueur perlent dans la pilosité grisonnante et reflètent la lueur lunaire. Les yeux de l'aînée se focalisent ensuite sur le mouvement de la main de sa cadette, sur la mutilation endurée par le Solognot.

Déjà que certains l'appelaient le Loup-garou… Comment se défaire d'une telle réputation maintenant qu'un loup l'a effectivement mordu ?

Marie sourit à la pensée de la terreur que Fabrice pourra provoquer chez certains en se contentant de pointer cette main stigmatisée dans leur direction. *Une main comme une paire de cornes… une main marquée du signe du Diable.* Ce n'est pas par simple moquerie que sourit Marie, mais par sentiment de satisfaction et de compensation. Le retour de Remangeon, d'un homme, au Gas-de-Bruyère n'est pas seulement une bonne nouvelle pour deux sœurs isolées qui avancent en âge et pour qui les travaux courants d'une ferme se font de plus en plus pesants, c'est aussi l'annonce de changements potentiels dans leur statut local. *De changements et de revanche.*

Remangeon ferme les yeux. Un léger sourire étire ses lèvres étroites, brisant la dureté habituelle de ses traits. Il mesure l'ironie de sa situation. Qui aurait cru il y a encore quelques semaines qu'il serait rejeté à la fois par son épouse, sa maîtresse et la gendarmerie pour finir avec les sœurs Leleu au fond d'une forêt d'où il avait tout fait pour s'extraire et s'enfuir étant plus jeune ? *Les sœurs Leleu, considérées comme arriérées et à demi folles par les trois quarts d'un canton pourtant peu réputé pour son progressisme.* Loin de nourrir chez lui un sentiment d'échec ou de dévalorisation, ce constat est à l'origine d'une sourde vibration, enfouie mais harmonieuse, d'une conviction qu'il y a là un retour à un certain état naturel des choses.

D'une évidence jusqu'ici cachée par les scories de ma prétention sous le voile de mes propres illusions…

Fabrice réalise dans la tiédeur de ces corps féminins à quel point l'absurde n'est pas dans le fait de se trouver ici au cœur de la nuit avec Gisèle et Marie lovées contre lui, mais plutôt dans son simulacre de mariage avec Delphine, une femme estimée mais jamais aimée comme elle l'aurait souhaitée, ou dans cette relation vaine et toxique avec Vanessa, au seul service de sa nature virile la plus libidineuse et de l'égocentrisme enfantin et infini de cette femme-enfant qui n'a jamais pu se considérer elle-même autrement que comme un jouet sexuel pour vieux pervers.

Quant à la gendarmerie, pourquoi s'entêter à servir un maître aussi ingrat ? Une institution qui n'est plus que le fantôme de ce qu'elle fut lorsque je l'ai rejointe.

Il rouvre les yeux et tourne la tête en direction

de Gisèle puis de Marie, leur offrant un sourire plus prononcé. Remangeon lève les bras pour les enlacer et rapprocher encore plus les deux femmes, tout contre lui. L'odeur de Marie, son parfum lourd et épicé, vient se mêler à celui plus frais de Gisèle, plus fruité. L'aînée pose une main contre son torse, enfonce ses doigts dans les boucles poivre et sel de ses poils entre les pectoraux encore fermes. Gisèle vient poser sa tête contre son épaule en souriant.

Les trois corps nus composent un triptyque d'albâtre dans lequel la musculature et l'angularité de l'homme sont rehaussées par les nombreuses ombres générées dans la pâleur ésotérique de cette lune éclatante, contrastant avec la souple fluidité féminine des femmes, la rondeur des hanches et des poitrines, les vagues ondulantes des chevelures. Au-dehors, loin dans la forêt, s'élève le hurlement triste d'un loup, dernier rescapé de sa meute. Une ombre passe derrière la fenêtre.

Un nuage, ou peut-être une chouette effraie.

L'espace d'un court instant, les pupilles de Fabrice Remangeon semblent s'affiner et s'ovaliser dans la lumière changeante.

Il est trois heures au plus profond de la forêt de Sologne.

Il est l'heure du loup.

Du même auteur

La Fille de la pluie, Gallimard, « Série noire », 2013
D'ombres et de flammes, Gallimard, « Série noire », 2016
La Dévoreuse : le Gévaudan sous le signe de la Bête 1764-1767, De Borée, « Histoire et Documents », 2017
Ma douleur est sauvagerie, Les Arènes, 2019
Dr Geikil et Mister Hussard, Auda Isarn, 2020
Beyrouth-sur-Loire (rééd.), Auda Isarn, 2020

Dans la même collection

EQUINOX

Racket, Dominique Manotti, mars 2018
Un feu dans la plaine, Thomas Sands, mars 2018
Ceci est mon corps, Patrick Michael Finn, avril 2018
Mamie Luger, Benoît Philippon, mai 2018
Requiem pour Miranda, Sylvain Kermici, septembre 2018
Présumée disparue, Susie Steiner, octobre 2018
L'éternité n'est pas pour nous, Patrick Delperdange, octobre 2018
Les Féroces, Jedidiah Ayres, novembre 2018
L'Étoile du Nord, D. B. John, janvier 2019
Mauvais Œil, Marie Van Moere, janvier 2019
La Vague, Ingrid Astier, février 2019
Paradigma, Pia Petersen, février 2019
Cherry, Nico Walker, avril 2019
Ma douleur est sauvagerie, Pierric Guittaut, avril 2019
Le Triomphant, Clément Milian, mai 2019
Glory Hole, Frédéric Jaccaud, mai 2019
L'Icône, Thierry Marignac, septembre 2019
Personne inconnue, Susie Steiner, septembre 2019
La Meute, Thomas Bronnec, octobre 2019
Le Second Disciple, Kenan Görgün, novembre 2019
City of Windows, Robert Pobi, janvier 2020
C'est pour ton bien, Patrick Delperdange, février 2020
Donbass, Benoît Vitkine, février 2020
Joueuse, Benoît Philippon, mars 2020
Marseille 73, Dominique Manotti, juin 2020
The Cry, Helen Fitzgerald, juin 2020
L'Un des tiens, Thomas Sands, octobre 2020
Tu me manqueras demain, Heine Bakkeid, octobre 2020
Lëd, Caryl Férey, janvier 2021
Tous complices !, Benoit Marchisio, février 2021
Un dernier ballon pour la route, Benjamin Dierstein, mars 2021
Serial Bomber, Robert Pobi, avril 2021

L'exemplaire que vous tenez entre les mains
a été rendu possible grâce au travail de toute une équipe.

Édition : Aurélien Masson
Couverture et conception graphique : Éric Pillault
Illustration : Jessy Deshais
Correction : François des Accords, Sophie Loubier
et Isabelle Paccalet
Mise en page : Soft Office
Photogravure : Point 11
Fabrication : Maude Sapin avec Lucie Le Bon
Commercial : Pierre Bottura
Relations libraires : Damien Nassar
Presse et communication : Hind Boutaljante
avec Axelle Vergeade
Les Arènes du savoir : Pierre Bottura avec Marc Blactot,
Fanny Boidron, Adèle Hybre et Guillaume Lollier

Rue Jacob Diffusion : Élise Lacaze (direction), Katia Berry
(Grand Sud-Est), François-Marie Bironneau (Nord et Est),
Charlotte Jeunesse (Paris et région parisienne),
Christelle Guilleminot (Grand Sud-Ouest), Laure Sagot
(Grand Ouest), Diane Maretheu (coordination),
Charlotte Knibiehly (ventes directes) et Camille Saunier
(librairies spécialisées)

Distribution : Interforum

Droits France et juridique : Geoffroy Fauchier-Magnan
Droits étrangers : Sophie Langlais
Librairie : Laurence Zarra
Animation : Sophie Quetteville
Envois aux journalistes et libraires : Vidal Ruiz Martinez
Comptabilité et droits d'auteur : Christelle Lemonnier,
Camille Breynaert et Christine Blaise
Services généraux : Isadora Monteiro Dos Reis

Les Arènes,
17-19, rue Visconti, 75006 Paris
Tél. : 01 42 17 47 80
arenes@arenes.fr
www.arenes.fr

Achevé d'imprimer sur les presses
de l'imprimerie Normandie Roto Impression s.a.s.
à Alençon (Orne) en mars 2021.
ISSN : 2609-7966
ISBN : 979-10-375-0296-4
N° d'impression : 2100314
Dépôt légal : avril 2021